KB082637

거품시대 ❷

거품시대 ❷

홍상화 소설

한국문학사

벌거벗은 비리··· '증언의 소설'

김승옥(소설가, 『무진기행』의 작가)

소설에 대해서 문학 전공 교수들은 여러 가지 기준을 가지고 분류하고 있습니다만, 저로서는 고 김붕구(金鵬九) 교수에게 배운 대로 소설을 크게 '증언(證言)의 소설'과 '구제(救濟)의 소설' 두 가지로 나누어보고 있습니다.

증언의 소설이란 그동안 여러 지면에서 충분히 얘기해온 참여문학이라는 것이고, 구제의 소설이란 윤리 중심의 내성(內省)소설이라고 하겠습니다.

홍상화 씨의 『거품시대』는 말할 것도 없이 증언의 소설에 속합니다.

증언의 소설에도 여러 가지가 있습니다. 요즘 많이 쓰여지고 읽히는 대하역사소설들도 있고, 어떤 사건이나 인물을 추적한 소설도 있고, 한 시대의 풍속을 그림이 아니라 글로써 섬세하게 묘사하고 있는 풍속소설 등이 있습니다. 『거품시대』는 지난 제6공화국 시대의 풍속을 섬세하게 증언하고 있는 소설이라고 저는 봅니다.

하청 금액에서 매번 얼마씩 정기적으로 떼어주는데도 불구하고 여차하면 세무서 관리 대접해야 되겠다느니, 퇴직하는 동료 환송회 비용이라느니, 외국 여행 보조비라느니…… 명목이란 명목은 있는 대로 붙여 뜯어가, 2백 명 정도의 직공으로 봉제업을 하는 이진범으로서는 견딜 재간이 없었다.

특별 자금이란 수출용 원자재 일부를 내수시장에다 팔아 마련한 비자금을 의미했다. 비자금 없이는되는 일이 없으니 좀 위험하긴 하지만 다른 도리가 없었다.

"하청 단가는 안 오르는데 임금을 턱없이 올려달라니, 배길 재간이 있어야지."
백인홍이 한숨을 쉬었다.
"다 마찬가지야."
"나쁜 놈들. 공무원들은 손이 더 커지고, 은행놈들은 담보 내놓으라고 지랄이고, 이제는 노동운동한다는 놈들이 한술 더 뜨니 말이야······."

백인홍이 화난 목소리로 말했다.

"할 수 없지 뭐. 지금은 과도기야. 시간이 가면
해결될 거야."

백 사장은 입을 다물었다.

이러한 『거품시대』 속의 몇 줄만 가지고도 짐작할 수
있듯이 이 소설의 주인공은 중소기업가들입니다.

중소기업가들(옛날식으로 말하자면 부르주아)이 한국소
설의 주인공으로, 그리고 제6공화국 시대의 전형적 한
국인 모습으로 등장하고 있다는 점이 바로 『거품시대』가
이전의 모든 한국 소설들이 아직 할 수 없었던 일을 처
음으로 해내고 있다는 매우 중요한 의미가 되는 것입니
다. 이 소설은 바로 지금이기에 태어날 수 있는 소설이
고, 이 시대에 반드시 나와야 할 소설입니다.

이 소설을 읽는 독자들은 줄거리가 어떻게 전개되고
있는지에 너무 집착하지 말고, 소설 속 대사와 지문을
통해 작가가 얼마나 우리가 살아왔던 시대를 빠짐없이
기록으로 남기려고 애쓰고 있나 하는 점에 관심을 가지
고 읽으시면 참 재미있게 읽힐 것입니다.

우리가 살고 있는 세상의 중심에서 한때 기세등등했던

비리의 벌거벗은 모습 때문에 『거품시대』는 세월이 갈수록 더욱 우리 민족의 교훈으로서 뜻깊어질 소설입니다.

차 례

1. 부자관계 : 진성구

- 골프장 사업을 향한 야망을 품고 부친과 대립.
- 돈의 파괴력은 무서운 것이며, 부자간의 의리도 한순간에 깰 수 있다.
- 유대인 경전인 『탈무드』에 '빈 지갑은 가까운 사람에게 큰 상처를 준다'는 말
  이 있다. 가난을 거의 범죄시하는 수준이다. 그래서 유대인의 부가 이루어졌
  을지 모른다.

대하실업의 진성구 사장은 아버지 집에 들른 후 권혁
배 의원실을 거쳐 회사에 도착했다. 엘리베이터에서 내
려 20층 사장 비서실로 들어선 그는 공손하게 아침 인사
를 건네는 비서들을 본 체 만 체 사장실로 들어갔다. 사
업이 제대로 풀리지 않거나 부하직원이 일을 제대로 해
내지 못했을 때 저기압 상태에 빠지는 경우는 종종 있었
으나, 진 사장이 오늘처럼 비서들에게 그런 기분 상태를
표출하는 경우는 매우 드문 일이었다.

진성구는 책상 위에 놓인 결재서류를 검토할 생각도
하지 않고 소파에 털썩 주저앉았다. 조금 전 이곳에 오

기 전 권혁배 의원 사무실에서 권 의원과 나눈 대화도 그를 기분 상하게 했지만 그것보다 더 불쾌한 일이 있었다. 오늘 아침 아버지 집에 가서 아버지와 나눈 대화를 되씹을수록 참을 수 없는 분노가 진성구의 가슴을 짓눌러왔다.

새로 얻은 둘째며느리가 아무리 귀엽다 해도 돼먹지 않은 박사학위—그놈의 의류 직물 분야의 학위가 제대로 돼먹은 학위인지도 모르겠고, 또 정식 학위를 따기나 했는지 확인되지도 않은 터인데—를 들먹이며 둘째며느리를 '이 박사, 이 박사'라고 다정하게 불러주는 아버지가 참으로 한심했다. 더군다나 마치 자신의 주임무가 집안일을 뒤치다꺼리나 하는 것처럼, 제수씨가—그것도 서모 아들의 마누라인 처지에—계획하고 있다는 의상 발표회인가 뭔가를, 남의 일처럼 생각하지 말고 회사가 앞장서서 도와주라니 기가 막힐 일이었다.

그것뿐만이 아니었다. 이미 이복동생인 성호 부부가 살 고급 아파트를 마련해주었는데도, 제수씨가 쓸 고급 자동차까지 구입해주라고 지시하는 게 아닌가! 영감이 개인적으로 꼬불쳐둔 비자금 규모가 주체하지 못할 정도의 거액일 텐데, 영감 자신이 해결해줄 일이지 그까짓 사소한 일을 회사에 떠맡기는 처사가 한심하다 못해 어리석어 보였다. 이런 식으로 가다가는 머지않아 회사까지 고스란히 이복동생인 성호에게 넘기라는 말이 영감의 입에서 나올지도 모를 일이었다.

결혼이란 비슷한 사람들끼리 만나게 운명 지어져 있다는 누구의 말을 실감하듯 이복동생 성호뿐만 아니라 이 박사인지 뭔지 하는 제수씨도 싹수없기는 마찬가지였다. 성호보다 한 술 더 뜨면 더 떴지 덜한 것 같지 않았다. 결혼식이 있기 며칠 전, 자신의 아내는 아버지 집에서 맏며느리 대접을 받기는커녕 부엌데기 노릇이나 하고 있는데, 새파랗게 젊은 예비 둘째며느리는 마치 자기가 이 집 고명딸이나 되는 것처럼 시아버지 턱밑에서 간댕간댕 아양을 떨고 있었다.

'삐一' 하는 소리에 진성구는 수화기를 들었다.

"사장님, 황무석 이사 전화인데요."

비서의 말이 들려왔다.

"바꿔줘."

"황 이사입니다. 잠깐 올라가서 뵈려고요."

"10분 후에 올라오세요."

진성구는 전화를 끊고 시계를 보았다. 10시 12분. 그는 인터폰을 눌렀다.

"오늘 점심 약속은 예약되어 있지?"

"네, 어제 교통부 장관님 비서하고 통화했습니다. 플라자 호텔 중국집 주방장이 장관님 식성을 잘 안다고 해서 그리로 예약을 하고, 식당 지배인과 통화해 식사 잘 준비해놓으라고 했습니다. 약속시간이 12시 15분이니 11시 30분에는 떠나셔야겠는데요."

매사에 빈틈이 없는 구 비서의 조리 있는 말이 들려왔다. 언젠가는 중용해야겠다는 마음이 들었다.

"오늘 저녁 T시로 가는 비행기는 몇 시야?"

"6시 출발입니다. 지구당 창당대회가 열리는 곳에서 멀지 않은 호텔을 예약해두었고, 귀경하는 비행기는 다음날 낮 3시 30분 걸로 예약했습니다."

"잘했어. 황 이사가 오면 들여보내."

"네, 그리고 회장님께서 댁으로 전화를 해달라고 방금 연락 왔습니다."

"알았어."

진성구는 전화기 버튼을 눌렀다.

"아버지 좀 바꿔주세요."

전화를 받는 서모에게 말했다.

"오냐, 잠깐 기다려라. 애야, 에미가 안색이 좋지 않던데 병원에 한번 데려가봐라. 워낙 몸이 약한 애지만 요즘 들어 아주 힘들어하더라."

진심으로 하는 말인지 겉치레 말인지 모르겠으나 서모도 명색이 어머니라고 어머니 역할을 하려 드는 모양새가 우스웠다.

"네, 알았어요."

"여보, 큰아이 전화예요" 하는 서모의 목소리가 들려왔다.

"성구냐?"

아버지 진 회장의 목소리가 들려왔다.

"네, 전화하라고 하셨다고요?"

"그게 다름이 아니라, 우리 회사 법률 고문이 누구지?"

"김인승 변호사라고, 지지난번 검찰총장을 지낸 분이에요. 법조계에 발이 넓고 덕망이 높아서 우리 회사에 많은 도움이 되는 분이지요."

"그래? 그럼 김 변호사는 아직까지는 나가라고 할 수는 없고, 고문 변호사를 한 사람 더 써야 되겠구나."

"누군데요?"

"이인환 교수 있지? 며늘아기 얘기 들으니까 학교 강의도 많지 않아 시간이 나는 모양이야. 이왕이면 믿을 수 있는 사람을 써야지."

누구 아이디어인지는 확실히 모르나 기가 막힐 일이었

다. 결혼식을 올린 지 하루밖에 안 되어 새로 인연을 맺은 사돈 덕을 보자 하니! 체면이란 단어가 그 의미조차 깡그리 사라진 작금의 세상이라 해도 명색이 교수란 사람이! 진성구는 속으로 투덜댔다.

"알았어요. 한번 생각해보지요."

진성구로서는 아버지에게 할 수 있는 가장 강한 반대 표시였다.

"이 교수 의향은 아직 모르겠지만 네가 나서서 설득하면 될 거야."

"아버지께서 사돈어른에게 먼저 말씀드려보시지요."

"그러지. 다시 연락하마."

전화를 끊고 진성구는 '후─' 하고 한숨을 내쉬었다. 며칠 전까지는 상상할 수도 없었던 일이 무서운 속도로 그의 주위에서 일어나고 있음을 실감했다.

그러고 보니 자신이 아버지 몰래 얼마 전부터 추진하고 있었던 새로운 사업이 지금은 더더욱 큰 의미를 갖게 되는 것 같았다. 사실인즉, 진성구는 그것이 아버지 몰래 추진하는 사업이라 다소 죄의식을 느껴왔다. 하지만 지금 와서 곰곰이 생각해보니 전혀 그럴 필요가 없을 것 같았다. 현재 돌아가는 집안 분위기로 보아, 필요한 사업자금을 끌어낼 수 있을 만큼 충분한 담보 가치가 있는 재산을 아버지 몰래 자신의 힘으로 마련하는 것이 어쩌면 꼭 이루어야 할 일인 것처럼 보였다.

지난 얼마 동안 치밀한 계획 아래 추진해온 새로운 사업 프로젝트란 다름이 아니라 레저와 건설을 겸하는 사업이다. 처음에는 골프장 허가를 얻어 골프장을 건설한 후, 대략 15년에서 20년 후 서울이 외곽지역으로 팽창해 나갈 때 골프장은 다른 곳으로 옮기고 그곳을 택지로 전환한다는 것이 주된 내용이었다. 과거 4~5년에 걸쳐 소문나지 않게 헐값에 야금야금 사놓아 이미 경기도 벽제 부근에 임야까지 포함해 40만 평을 확보해놓은 단계에 와 있었다.

구입 자금도 회사에서 목돈을 끄집어낸 게 아니고 이리저리 자신의 자금 소스를 동원해 마련한 것이 대부분이었다. 아버지 몰래 회사의 비자금을 얼마간 투입한 것은 사실이지만, 나중에라도 아버지가 자기 소유라고 주장할 근거는 아예 배제시켜놓았다.

더군다나 구입한 땅이 구매 담당 황무석 이사 등 회사의 믿을 만한 중역 이름으로 등기가 되어 있으므로 법적으로 그 땅은 엄연히 등기자의 소유이지 자신의 소유가 아닌 것으로 되어 있었다. 소유권 행사에 아무런 문제가 없도록 자신의 이름으로 가등기를 해놓은 것은 물론이었다. 이는 아버지가 과거에 땅을 살 때 즐겨 사용하는 방법을 진성구가 택했을 뿐, 그렇다고 자신이 무슨 기발한 아이디어를 새로이 창출해낸 것은 아니었다.

노크 소리가 들려왔다. 진성구가 '예'라고 대답하자 황무석이 문을 열고 들어섰다.

"무슨 일이지요?"

자리에 앉기도 전에 진성구가 황무석에게 물었다.

"청천물산 관계로 전할 말씀이 있습니다. 오늘 새벽 이진범이 저희 집에 왔었습니다."

"뭐요?"

진성구가 놀라는 표정을 지었다. 황무석을 시켜 청천물산의 비리를 제보한 사실을 이진범이 혹시 낌새나 채지 않았나 해서였다.

"사장님께 간청해 재무부 장관에게 줄이 닿을 수 있게 해달라고 부탁하러 왔었습니다."

진성구는 적이 마음이 놓였다.

"그냥 말씀드려보겠다고 했습니다."

황무석이 다시 말했다.

"지금 청천물산 회사 상태는 어때요?"

"이곳에 오기 전 받은 정보에 의하면 엉망이 된 모양입니다. 이진범은 잠적했고요……."

"……."

"이진범이 관세청에서 확보한 증거인 장부를 가지고 도망간 모양입니다."

"그 친구 생각보단 배짱이 쎈데……."

진성구는 마음이 찜찜했다. 사랑놀음이나 즐기는 흐물흐물한 녀석인 줄 알았는데 장부를 가지고 튈 정도면 그를 과소평가했을지도 모른다는 느낌이 들어서였다.

"사장이 잠적한 판이니 청천물산이 살아남기는 힘들 것 같습니다."

황무석이 의기양양하게 지껄여댔다.

"청천물산에 우리 회사의 채권이 얼마나 됩니까?"

"청천물산에 준 하청 대금 선수금의 담보조로 5억짜리 약속어음을 경리과에서 보관하고 있는 줄 압니다."

"만기가 언제요?"

"일자가 없습니다……. 은행에 곧 돌리도록 지시하시지요."

황무석이 말하자, 진성구는 잠시 침묵에 빠졌다.

"청천물산에서 못 막을 텐데요?"

진성구가 의아해하는 표정을 지으며 말했다.

"사장님, 우리가 상관할 문제가 아닙니다. 아무래도 얼마 안 있어 청천물산은 부도가 나게 되어 있고…… 수표라도 돌려놓아야지 나중에 채권 행사라도 할 수 있습니다. 이 사장의 체포는 시간문제입니다……."

"이 사장이 한 행실은 괘씸하지만 직원도 많고 하니 회사를 문닫게까지 하지는 말도록 합시다."

"그 점을 걱정하신다면 저를 믿어봐주십시오. 이 사장 개인에게 무슨 일이 일어나든 청천물산은 문닫지 않도록 할 자신이 있습니다."

"무슨 수로 말입니까?"

"우리 회사가 하청 일만 계속해서 대주면 청천물산을 맡아 경영할 사장은 많습니다."

진성구는 황무석의 눈을 뚫어지게 응시했다. 백인홍 사장의 말이 떠올랐기 때문이었다. 황무석이 다른 사람의 명의로 공장을 세우고 있다는 백 사장 말이 사실이라면, 황무석이 이제는 한 술 더 떠 청천물산의 운영권까지 넘보고 있지 않나 하는 의구심이 생겼다.

"청천물산의 약속어음 돌리는 것은 시간을 두고 조금 더 생각해봅시다."

"빨리 결정하셔야 합니다. 어물어물하다가 부도가 나면 우리가 보유한 약속어음은 휴지 조각이 됩니다."

"알았어요. 나중에 다시 얘기합시다."

"이번 기회에 이진범이 버릇을 고쳐놓아야지, 그렇지

않으면 또 무슨 짓을 저지를지 모릅니다."

머뭇거리며 말을 잇는 황무석의 눈언저리에 깃들어 있
는 의미심장한 미소가 진성구의 눈에 잡혔다. 여동생 미
숙과 이진범의 불륜관계를 황무석이 넌지시 암시하고 있
음을 진성구는 알아챘다.

"내가 생각 좀 해보지요. 회의하러 갑시다."

진성구는 다소 불쾌한 심사를 드러내며, 매주 목요일
10시 30분부터 열리는 수출 관계 회의에 참석하려고 자
리에서 일어났다.

30분 만에 수출 관계 회의를 끝내고 회의실에서 나오
는 회사 임원들의 표정은 하나같이 침울했다. 임금을 포
함한 생산 원가 요인의 상승으로 수출을 하면 할수록 적
자폭이 커지는 것은 차치하고라도, 강성노조가 민주화니
뭐니 떠드는 통에 생산 현장의 규율이 해이해져 해외에
서 품질 하자 문제가 자꾸 터지고 있었다. 이러다간 20
년 동안 힘들게 개척한 해외시장을 옭아먹기도 전에 신
흥 개발도상국에 고스란히 내주어야 할 판이었다.

돈이 하늘에서 그냥 떨어지는 줄 아는지 정치인들은 손만 내밀고, 이른바 개혁파 지식인들은 민주주의만 외쳐대며 노동자들을 부추기니……. 회의실을 나와 복도를 걸어가는 진성구의 심사가 뒤틀려 있었다.

사장실에 들어서자 비서가 권혁배 의원이 11시 15분에 다시 연락하기로 했다는 내용의 메모를 진성구에게 전해주었다. 전화를 바로 걸까 말까 하고 그는 잠시 망설였다.

신축 공장을 권혁배 의원 선거구에 짓기로 자신이 굳게 약속한 바지만 마지막 순간에 안기부 국내 정치 담당 국장이 은근히 협박을 해와 자신도 어쩔 수 없는 처지가 되었다. 그렇다고 안기부의 협박을 권 의원한테 털어놓을 수도 없어, 지구당 운영 자금 몇 푼 집어주고 슬쩍 넘기려고 했는데 권 의원이 보인 반응은 그게 아니었다.

"권혁배 의원에게 전화해줘."

진성구가 인터폰에 대고 지시했다.

"권 의원님 안 계신다는데요."

잠시 후 인터폰으로 연락이 왔다.

"알았어."

진성구는 시계를 보았다. 11시 14분. 교통부 장관과의 약속장소로 좀 일찍 나가려고 일어섰다. 그때 권 의원으로부터 전화가 왔다고 비서가 알려주었다.

"여보세요."

"진 사장님이세요? 저…… 저……."

분명히 권혁배 의원의 목소리가 아니었다.

"청천물산의 이진범 사장입니다. 수배를 받고 있는 몸이라 이름을 밝힐 수 없어 권 의원 이름을 댔습니다. 이해해주십시오."

"……."

"심려를 끼쳐드려 죄송하지만, 한 가지 긴히 부탁드릴일이 있어서요."

"무슨 일이지요?"

"대하실업에서 저희 회사 약속어음을 가지고 있는 게있습니다. 5억짜린데 제가 문제를 해결할 때까지 은행에돌리지 마시라고 부탁드리고 싶습니다. 무슨 일이 있어도 귀사에 폐를 끼치지 않겠다고 약속드리겠습니다."

진성구는 잠시 생각에 잠겼다. 이진범이 여동생에게한 짓을 생각하면 찢어 죽여도 속이 풀리지 않겠지만, 회사가 부도난다면 이진범 개인뿐만 아니라 회사에 딸린직원 모두 피해자가 된다는 사실을 부정할 수 없었다.

"알겠어요. 그렇게 하지요."

"염치없습니다마는, 한 가지 더 부탁드리겠습니다."

"무슨 일이지요?"

"저희 회사에 주는 하청 일은 계속해서 밀어주십시오. 저는 피해 있는 몸이나 회사 경영은 차질 없이 되어나가고 있습니다. 품질이나 납품 시기에도 문제가 없을 겁니다."

"알겠습니다."

"그럼 전화 끊겠습니다. 진 사장님 은혜는 결코 잊지 않겠습니다."

진성구는 수화기를 내려놓았다.

자기 여동생과 불륜관계를 맺고 있다는 사실 때문에 죽이고만 싶었던 이진범이 파산의 구렁텅이에 빠져 평생 동안 헤어나지 못할 생각을 하니 이제는 조금 불쌍한 생각이 들었다.

진성구는 수화기를 들었다. 이진범의 부탁을 들어줄 요량이었다. 그러나 다음 순간, 멈칫했다. 아무래도 실수를 한다는 느낌이 들었다. 솔직히 말해, 스무 살 때 어머니가 세상을 떠난 뒤부터 여동생 미숙을 향한 자신의 감정은 거의 동물적인 보호본능에 가까웠음을 인정치 않을 수 없었다. 미숙의 행복을 보장하는 길이라고 판단되어 자신이 앞장서서 친구인 이성수와 맺어준 혼인이 파경을 맞이한 이후, 미숙을 향한 자신의 보호본능은 한층

더 강렬해졌다고 할 수 있었다. 그렇기에 더더욱이나 유부남과의 관계는 용납할 수 없었다. 그것은 돌아가신 어머니에 대한, 용서할 수 없는 모욕이었다. 마음을 약하게 먹지 말아야지, 각오를 단단히 해야지. 진성구는 자신에게 다짐하며 수화기를 제자리에 다시 놓았다.

"차 대기시켜."

인터폰에 대고 말하며, 그는 자리에서 일어섰다.

"황 이사님이 잠깐 뵙겠다고 기다리고 계시는데요."

비서가 인터폰을 통해 알려왔다.

"알았어. 거기 있으라고 해."

진성구는 사장실을 나와 황무석과 마주쳤다.

"가면서 얘기합시다."

"네."

황무석이 진성구의 뒤를 따랐다. 복도로 나가자 황무석이 옆에서 소곤거렸다.

"방금 들어온 정보가 있습니다."

"……"

"백운직물의 백인홍 사장이 검찰에 구속되었습니다."

"무슨 이유로?"

"관세청 수사관 집에 뇌물을 전했다는 혐의입니다."

"이진범 사장의 부탁 때문인가요?"

"그런 것 같습니다."

그들은 엘리베이터 앞에 섰다. 엘리베이터가 도착하기 전 황무석이 다시 말했다.

"일이 악화되어가는 걸로 봐서는, 청천물산 약속어음을 돌리는 게 좋겠는데요."

"황 이사가 알아서 처리하세요."

끈질기게 물고 늘어지는 황무석이 꽤나 성가셨다. 진성구는 그에게 눈길 한번 주지 않고 엘리베이터 안으로 들어섰다.

1층 입구 앞에 대기하고 있는 차에 올라타는 순간, 동생 미숙과 이진범, 백인홍에 관한 것은 진성구의 머리에서 말끔히 지워졌다. 점심 약속이 되어 있는 교통부 장관과의 만남만이 그의 머리를 가득 채우고 있었다.

차 뒷좌석에 앉은 진성구는 목을 젖히고 눈을 감았다. 그의 머릿속에서 질문이 꼬리에 꼬리를 물고 일어났다. '교통부 장관인 배삼호는 어떤 인물일까? 그의 가려운 데는 어디일까? 그를 어떻게 요리할 수 있을까?'

배우가 주어진 역을 연기하기 전에 같이 호흡을 맞출 동료들의 역할을 미리 알고 있어야 좋은 연기를 할 수 있듯이, 배 장관의 내면을 꿰뚫어볼 수 있어야 죽이 척척 맞는 연기, 멋진 연기, 관중이 열광하는 연기를 할 수 있음을 진성구는 알고 있었다.

정규 육사 출신은 아니지만 6 · 25 전쟁 중 25세의 청년 장교로 혁혁한 전공을 세운 퇴역 3성 장군. 현 권력자의 군대 선배로서 퇴역 후 곧바로 입각한 불굴의 인물. 가족 사항으로는 중소기업을 경영하는 맏아들과 육군 장교인 차남이 있고, 현 부인은 8년 전에 재혼한 50대 초반의 전업주부. 현재까지 비교적 청렴하게 관직 생활을 해온 자로서, 노후생활 보장에 관심을 가질 60대 중반의 나이. 진성구는 이 정도의 정보를 가지고도 배 장관의 장단점을 어느 정도 유추해낼 수 있지 않을까 하는 생각이 들었다.

배 장관의 장점은, 첫째 설득만 되면 자신의 뜻을 다른 사람 눈치 보지 않고 관철할 사람이라는 것, 둘째 여느 정치인이나 직업관료처럼 매사에 능구렁이 담 넘어가듯 하지 않으며 자신의 속마음을 숨기지 않고 털어놓을 사람이라는 것, 셋째 신세를 지면 두 눈 질끈 감고 앞장서서 밀어붙일 사람이라는 점에 있었다.

반면 약점도 지니고 있을 듯했다. 첫째 단순할 정도로 앞뒤 가리지 않고 밀어붙이는 성향 탓에 직업관료들의 반감을 불러일으켜 그들의 교묘한 방해작업에 쉽게 휘말릴 수 있다는 것, 둘째 자신의 상관 말이면 덮어놓고 복종한다는 것, 셋째 마누라의 말에 쉽게 휘둘린다는 점 정도였다.

진성구는 속주머니에서 서류를 꺼내 훑어보았다. 벽제 부근의 부지에 골프장 허가를 취득할 경우에 얻게 될 유익한 점이 빼곡하게 나열되어 있었다. 그는 서류에서 시선을 떼고 눈을 감았다. 2~3년 내 서울 근교에 위치한 일류 골프장이 자신의 소유가 된다는 생각이 들자 마음이 흡족해졌다. 골프 예약 때문에 그에게 굽실거리며 따리 붙을 관료들의 모습이 눈에 선했다. 그뿐만이 아니었다. 큰돈 들이지 않고 인수한 광활한 초원이 자신의 놀이터가 되면 아버지의 수중에서 벗어나 한두 번 정도는 아버지와 당당하게 맞부딪쳐볼 수도 있을 것 같았다.

"사장님, 플라자 호텔에 도착했습니다."

기사의 말에 진성구는 장밋빛 꿈에서 화들짝 깨어났다.

차에서 내리려는 찰나 '삐—' 하고 카폰이 울려 진성구는 다시 좌석에 앉았다.

"네, 회장님. 사장님 여기 계십니다……."

기사가 카폰을 진성구에게 넘겨주었다.

"네, 아버지. 저예요."

"지금 어디냐?"

"플라자 호텔인데요. 점심 약속이 있어서요."

"취소하고 나한테 올 수 없니?"

"중요한 사람이라 곤란한데요. 왜요?"

"그럼 전화로 잠깐 얘기하자."

"네, 무슨 일이세요?"

"벽제에 땅을 구입했다면서?"

"네" 하고 무의식중에 대답하는 순간부터 진성구의 가슴은 방망이질 치기 시작했다.

"왜 나한테 미리 얘기하지 않았어?"

"별것 아니에요. 친한 친구의 선산인데 급히 처분해달라고 부탁해서 도와주지 않으면 안 될 처지라……."

진성구는 얼떨결에 둘러댔다.

"그렇게 큰 땅을?"

"몇 푼 안 돼요. 임야인 데다 대부분이 산림보호지역이라서요……."

공업지역이 다소 섞여 있긴 했지만 그것은 사실이었다.

"친구 돕는 것도 좋지만 필요 없는 땅을 왜 샀냐?"

"은행에 담보로 사용할 수 있을 것 같아서요."

"은행이 임야를 담보로 잡아?"

"그냥 보조 담보로라도 사용할 수 있지 않나 해서요."

"누구 명의로 샀어?"

진 회장이 따지는 투로 봐서 누군가 자세한 정보를 제공했음이 틀림없었다.

"저와 중역들 이름을 사용했습니다."

"아니, 그 중요한 일을 왜 나한테는 한 마디 상의도 안했어?"

"중역들도 다 알고 있는데 아버지도 그냥 아시는 것 같아서 말씀 안 드렸어요."

"자금은 어디서 둘러댔어?"

"몇 푼 되지 않아요."

"여하튼 내주 화요일 저녁에 나한테 들러라. 오늘 친구들하고 제주도에 갔다가 화요일에 돌아올 거야."

"알겠습니다."

전화가 끊겼다. 진성구는 카폰을 손에 든 채 잠시 멍하니 앉아 있었다. 자신의 심복인 중역들에게만 극비로 알린 사실이 벌써 영감 귀에 들어갔으니, 기가 막힐 노릇이었다. 일을 빨리 서둘러야지 어물어물하다간 죽 쒀서 개 주는 꼴이 되고 말 것 같았다. 시간이 문제지 머지않아 골프장은 고스란히 영감 손에 들어가게 될 것이고, 그러면 영감은 그것을 서자 진성호에게 줄지도 모르는 일이었다. '안 되지. 그건 안 되지. 절대로 안 되지.' 진성구는 카폰을 내려놓으며 이를 악문 채 차에서 내렸다.

2. 황금알을 낳는 거위 : 진성구

– 골프장 건설을 위한 정치권 로비 활동.
– 일단 마음만 빼앗아놓으면 물불 가리지 않고 도와주는 게 군 출신 장관의 특성이다. 이 점을 가장 잘 이용한 사람들이 재벌이 될 수 있었다. 그것이 한국 재벌의 시작이었고, 이제는 그 재벌을 앞세워 선진국 대열에 당당하게 진입해 있는 것이 한국의 현실이다.
– 뇌물만 성공적으로 건네면 그 순간 같은 배에 타는 격이다. 풍랑을 헤쳐가려면 서로 협조해야 되고, 그 결과 '마피아'식 가족 개념이 형성되는 것이다.

"배 장관님께서 한 15분 늦으신다고 연락 주셨습니다."

진성구를 별실로 안내한 식당 지배인이 말했다.

"배 장관님이 이곳에서 자주 식사하신다지요?"

"네, 1주일에 서너 번 점심식사하러 오시지요."

"주방장이 배 장관님 식성은 잘 알겠네요."

"물론입니다. 저희들한테 맡겨주십시오. 기다리시는 동안 잠시 신문이나 보시지요."

지배인이 조간신문들을 테이블 위에 올려놓고 나갔다. 혼자 남게 된 진성구는 초조해지기 시작했다. 호텔에 들어서기 전 아버지와 통화한 내용이 몹시 마음에 걸렸기 때문이었다.

무슨 수를 써서라도 골프장 허가 건을 빨리 추진해서 기정사실로 만들어놓아야지 우물쭈물하다간 이복동생 좋은 일만 시키게 되리라는 불안감을 떨쳐버릴 수 없었다. 물론, 교통부가 골프장 허가의 주무부처라 해도 장관 혼자 힘으로는 불가능하다는 것을 모르는 바가 아니었으나 당장 주무부처의 추천을 얻는 일이 급선무였다. 그리고 보니 오늘 교통부 장관과의 점심 약속이 더욱더 중요한 의미를 갖는다는 사실을 절실히 느꼈다.

싸구려 임야 40만 평 정도를 사놓은 다음 골프장 허가만 얻어낸다면 골프장 회원권을 판매한 돈으로 골프장 건설비용과 땅값을 처리함으로써 돈 한푼 들이지 않고 골프장을 소유하게 되는 것이다. 이 꿈같은 얘기가 엄연한 현실로 다가올 것이다. 한마디로, 골프장 허가가 곧 한국판 '황금알을 낳는 거위'라 할 수 있었다. 그렇기 때문에, 골프장 허가만 얻을 수 있다면 그까짓 50억 정도의 정치 자금을 융통하는 일은 '누워서 식은 죽 먹기'라고 진성구는 마음속으로 결론을 내렸다.

그는 앞에 놓인 일간지를 뒤적였다. 순간 깜짝 놀라며 그의 시선이 한 곳에 붙박였다. 스포츠 신문 연예면 한

곳에 실린 큼지막한 사진, 바로 이혜정이 거기에 있었다. 그는 급히 기사를 읽어 내려가기 시작했다. 다음 달 방영될 미니시리즈 드라마에, 10년 이상 무대예술만을 고집해온 한국 무대예술의 간판스타인 이혜정이 출연하기로 결정되었다는 내용이었다. 평소에 영화나 텔레비전에 출연하는 연극배우들을 경멸하던 이혜정인지라 그것은 매우 놀라운 일이었다.

1주일 전에 만나 같이 지냈을 때도 말 한마디 없었는데 느닷없이 그 흔한 텔레비전 드라마에 출연한다니……. 진성구는 아무래도 마음이 찜찜했다. 혜정이 자신에게서 점점 멀어져가고 있다는 느낌이 들었다. 혜정에게 무슨 변화가 일어나는 걸까? 어젯밤 연구소가 있는 건물로 들어가는 혜정의 모습이 그의 뇌리에서 되살아났다. 혹시 이성수와 특별한 사이가 아닐까?

진성구는 자리에서 일어나 룸에 있는 수화기를 들고 버튼을 눌렀다.

"여보세요."

혜정의 목소리가 들려왔다.

"나야. 축하해."

"뭐를 축하해요?"

여느 때와 같이 명랑한 혜정의 목소리에는 변화가 없

었다. 그는 적이 마음이 놓였다.

"미니시리즈에 출연하기로 했다는 기사를 방금 읽었
어."

"그게 축하할 일이에요? 위로할 일이지……."

"그럼 심심한 위로의 뜻을 전하지. 순수 무대예술을
포기해버린 데 대한 위로라고나 할까?"

잠시 침묵이 흘렀다. 순간 아랫도리가 꿈틀거렸다. 목
소리만으로도 그를 20대 청년으로 되돌려주는 혜정의 마
력이 무엇인지 도저히 알 수 없었다. 세상 모든 것을 포
기하더라도 그런 혜정의 마력만은 포기할 수 없을 것 같
았다. 현재까지 두 사람의 관계를 가볍게 여겨왔던 진성
구에게 그것은 놀라운 깨달음이었다.

"아니에요. 환상의 세계에서 현실세계로 나와야 하는
내 처지가 서글퍼서……."

혜정의 목소리가 다시 들려왔다.

"무대는 환상의 세계이고 카메라는 현실의 세계란 말
인가?"

"그게 아녜요. 당신이 환상의 세계이고, 현실의 세계
는……."

혜정은 잠시 멈칫했다. 그 사이 진성구에게 어떤 직감
이 다가왔다.

"현실의 세계는 누구야?"

진성구가 천천히, 그러나 분명하게 물었다.

"때가 오면 알려드릴게요."

"혜정이 나를 질투하게 만들고 있어."

"천만에요. 당신은 질투할 사람이 아니고, 또 나라는 여자는 질투할 가치가 없는 여자예요. 호호호……."

혜정의 독특한 웃음소리가 묘한 여운을 남겼다.

"배우하고는 말로 이길 수 없어. 다시 전화할게."

그가 혜정에게 나직한 목소리로 말했다.

"알았어요."

'찰카닥' 하고 혜정이 수화기를 놓는 소리가 들려왔다.

그러나 그는 수화기를 그대로 귀에 대고 있었다. 그리고 침대에서, 무아경 속에, 걷잡을 수 없는 희열 속에 빠져 있는 혜정의 얼굴을 머릿속에 그렸다. 혜정의 얼굴 표정은 자유, 그를 붙잡고 늘어지는 모든 것으로부터의 완벽한 자유를 의미했다. 자유! 그때 맛본 그 이상의 자유를 세상 어디에서 찾을 수 있을까? 그 자유는 지속되지 못할 것이기에 더 응축되어 있었고, 둘만이 공유했기에 더 비밀스러웠으며, 책임이 따르지 않기에 더 완벽했다.

그 짧고 짧은 순간, 깊고 깊은 골짜기를 확 빠져나가

넓고 넓은 바다로 천천히 이어지는 순간이 지나면, 그들은 망망대해 위에 솟아 있는 고도(孤島)에서 처음 만난, 부끄러움을 타는 소년과 소녀로 되돌아갔다. 그리고 소년은 항상 어떤 말로 소녀에게 자연스럽게 말을 걸까 생각하고 있었다.

'내가 먼저 샤워할게'라거나, 조금 침묵의 시간이 길어지면 '오늘 공연은 어땠어?'라고 소년은 엉뚱한 말을 했으나 소녀에게는 그것만으로도 충분했다. 격정의 사랑이 자상한 애정으로 방향을 바꾸며 그들은 은은한 연인 사이가 되었다. 다시 다음번 격정적 사랑의 시기가 올 때까지는……

노크 소리가 들려왔다. 진성구는 회상에서 깨어나 정신을 바짝 차렸다. 수화기를 내려놓은 후 문을 열었다. 배삼호 장관이 들어섰다.

"진 사장, 늦어서 미안하오."
"아닙니다. 시간을 내주셔서 고맙습니다."
배 장관이 상석으로 가서 앉자 진성구는 지배인에게

"수행 비서관님도 잘 대접해주세요"라고 소곤거렸고, 지배인은 어련히 알아 모시지 않겠느냐는 표정으로 "그럼요" 하고 고개를 끄덕거렸다.

"장관님께서 바쁘신 중에도 결혼식에 참석해주셔서 부친께서 매우 감사해하고 있습니다."

진성구가 자리에 앉으면서 말했다.

"내가 중신아비인데 안 가면 되겠소?"

별로 웃을 일도 아닌데 배 장관이 너털웃음을 터뜨렸다.

"이인환 교수님이 장관님의 인척이 되신다지요?"

"내자의 사촌오빠지요."

"부친께서 이인환 교수님을 저희 회사의 법률 고문으로 모시라고 하셔서 그렇게 하기로 했습니다."

결정도 되지 않은 사항을 진성구는 얼떨결에 말해버렸다.

"이 교수가 재벌하고 사돈 맺더니 팔자가 펴는구먼."

"훌륭한 제수씨를 두게 돼 저도 기쁩니다."

"정숙이 개가 아버질 닮아 머리가 좋은 모양이오. 그 나이에 박사학위까지 받고…….."

"제 동생도 똑똑한 면에서는 둘째가라면 서러워할 겁니다."

진성구가 웃으며 배 장관의 말을 받았다.

"두 형제 분이 동복(同腹)이 아니라면서요?"

"네, 이복(異腹)이지만 세상 어느 동복형제보다 더 가깝습니다. 제 동생이 아직 경험이 없으니 장관님께서 지도편달해 주십시오."

이복동생과의 소원한 관계를 배 장관이 눈치챌까봐 진성구는 눈썹 하나 까딱하지 않고 거짓말을 했다.

"그리고 장관님, 말씀 놓으십시오."

주방장이 인사하러 들어오는 바람에 진성구와 배 장관 사이의 덕담은 중단되었다.

"장관님, 왕림해주셔서 감사합니다."

주방장이 허리 굽혀 인사했다.

"어, 수고가 많소."

"오늘 메뉴는 상어지느러미 요리로 시작해 제비집 수프가 나오고 그다음엔……."

"됐소, 주방장이 알아서 하시오. 주방장 솜씨가 서울에서 최고라는 걸 내가 아니까. 아마 세계에서 최고일 거야. 홍콩이나 중국에도 당신만 한 셰프는 없지."

"장관님, 과찬이십니다."

잠시 후 접시가 테이블 위에 놓이자 두 사람은 배추를 곁들인 상어지느러미 요리를 들기 시작했다.

"요즘 국정을 돌보시느라 바쁘실 텐데, 그래도 주말에

운동은 하시는지요?"

"가능하면 1주일에 한 번은 필드에 나가려고 하는데 뭐 쓸데없는 일이 많아 그것도 마음대로 안 돼."

'안 돼' 하는 배 장관의 반말이 진성구는 마음에 들었다. 벌써 두 사람 사이의 벽이 어느 정도 허물어졌다는 뜻이기 때문이었다.

"그래도 주말에는 필드에 나가 머리를 식히셔야지요."

"시간도 그렇고…… 골프장에 5공 아이들이 설치는 걸 보면 배알이 꼴려서…… 집어넣을 놈은 탁탁 집어넣어 버려야 하는데, 그냥 우물쭈물하고 있으니 말이야."

배 장관이 불평을 털어놓았다. 6공 아이들이 5공 아이들을 탁탁 집어넣고, 7공 아이들은 6공 아이들을 탁탁 집어넣고, 8공 아이들은 7공 아이들을 탁탁 집어넣고……. 그러면 나라 꼴이 참 잘되겠다고 진성구는 속으로 비웃었다.

"뭐니 뭐니 해도 골프가 운동으로는 가장 좋은 것 같습니다. 그런데 세계적으로도 골프가 대중화되어 있고 일본에는 골프장이 천 개가 넘는다는데, 우리나라는 기껏 30개 정도밖에 안 되지 않습니까?"

"말도 안 되는 얘기지. 서민층의 소외감이니 뭐니 하면서 덜떨어진 소리들을 하는데 산업화되는 과정에서 소외계층이야 늘 생기게 마련이고, 그게 무서워서 해야 할 일을 못해서야 원……."

"외국 관광객을 유치하기 위해서라도 골프장은 과감히 건설해야 한다고 생각합니다."

"맞는 말이지. 그런데 정치한다는 놈들이 국민들 눈치 보느라고 정신이 없단 말이야. 국가의 장래를 위하는 일이라면 눈치 코치 보지 말고 과감하게 밀어붙여야 하는데……."

진성구는 일단 골프장 얘기를 성공적으로 끌어냈으나 본론은 거론하지 않았다. 식사가 끝나고 후식을 할 때쯤이나, 그리고 분위기가 무르익을 때까지 접어두는 것이 좋으리라고 판단했다.

"민주주의니 국민의 컨센서스니 상관치 말고 박정희 대통령처럼 일사불란하게 경제발전을 추진해야 하는데 말입니다."

진성구가 슬쩍 경제 쪽으로 화제를 돌렸다.

"지금 정부가 너무 약해빠져 큰일 났어. 잘하고 못하는 것은 후세 사가의 판단에 맡기고 군인 출신답게 누가 뭐라 하든 소신대로 밀고 나가야 하는데 말이야……."

"좋은 말씀이십니다. 사람들이 유신시대를 암흑시대로 매도하는데 실제로 이 기간 동안 우리나라는 경제력의 기반을 확고히 쌓은 게 사실이지 않습니까?"

배 장관이 들고 있던 스푼을 테이블 위에 놓을 정도로 호기심을 보였다. 진성구는 자신에 차 다시 말을 이었다.

"1972년 유신헌법 선포 이후 1979년 박 대통령께서 서거하시기까지 7년 동안, 개인당 국민소득이 400달러에서 1,600달러로 뛰었습니다. 이 기간 동안 연평균 실질 성장률은 9.9퍼센트로 세계에서 예를 찾을 수 없는 높은 수치였고요."

배 장관의 호의에 찬 시선을 의식하며 진성구는 말을 이었다.

"뿐만 아니라 7년 동안 16억 달러 하던 수출액이 150억 달러로 증가했습니다. 결국 이 기간 동안 임진왜란 이후 우리 민족과 함께 존재해온 '보릿고개'란 말이 완전히 없어진 셈이지요."

"그것 참 예리한 분석이군. 그런 역사적 사실을 국민한테 널리 알려야 하는데…… 문화공보부 장관이란 작자가 엉뚱한 데 시간을 허비한단 말이야."

배 장관이 다시 스푼을 들고 은접시에 담긴 상어지느러미 요리를 말끔히 비웠다. 곧이어 제비집 수프가 테이블 위에 놓였다.

"임진왜란 이후 존재해온 '보릿고개'라……."

진성구의 말이 아직도 그의 머릿속에서 떠나지 않는 듯 배 장관은 중얼댔다. 매우 인상적인 말을 남겼다고 진성구는 자신했다. 이때다 싶어 진성구는 무인정치의 장점을 늘어놓을 마음의 준비를 했다. 과거 경험으로 보아 군인 출신에게 무인정치의 장점을 늘어놓으면, 뭐라고 할까, 그들만이 구축하고 있는 단단한 성곽의 문을 빠끔히 열어준다고나 할까? 여하튼 그들의 딱딱한 나무토막 같은 심장을 엿가락처럼 녹일 수 있는 기막힌 약효가 있음을 진성구는 확신하고 있는 터였다.

　"그렇습니다. 임진왜란을 겪은 후에도 우리나라 문인정치가들이 당쟁으로 세월을 보내는 바람에 백성들은 도탄에 빠져 허덕였습니다. 그런 이유로 결국 일본의 식민지로 전락할 수밖에 없었지요."

　진성구가 열을 올렸다.

　"명석한 역사적 고찰이군. 진 사장 같은 젊은이가 정치권에 들어와야 하는데 말이야. 아무것도 모르는 것들이 민주주의니 뭐니 쓸데없는 얘기만 지껄이고 있으니. 누군 민주주의 좋은 줄 모르나? 국가 경영을 가장 효율적으로 하는 방법이 문제지. 그 친구들 머리는 무인정치라고 하면 무조건 나쁜 것으로 안단 말이야."

　"그렇지 않습니다. 임진왜란 이후 우리나라는 내리막

길을 걸었는데 다른 나라는 무인정치하에서 놀라운 발전을 거듭했습니다. 일본에서는 무인인 '이에야스'가 정권을 잡아 일본을 서양 강국과 맞먹는 선진국으로 끌어올렸고, 유럽에서는 나폴레옹이 내리막길을 걷던 프랑스의 사회적 혼란을 차단하고 세계 최강의 제국으로 발전시켰지요."

"진 사장이 그런 얘기를 신문에 좀 쓰지그래."

"그것뿐만이 아닙니다. 20년이 지난 오늘에 와서도 이른바 박정희 모델이 경제발전에 가장 효과적인 모델로 인정받고 있지요. 경제적인 자유와 정치적인 규제가 박정희 모델의 요체입니다. 박정희 대통령의 가장 훌륭한 제자가 중국의 '등소평'이라고 하잖습니까?"

"진 사장, 아무래도 정치해야 되겠는데……."

배 장관의 마지막 말에 이르러 드디어 그의 성곽을 허물어뜨렸다고 진성구는 판단했다.

"제가 무슨 정치를…… 장사꾼이 장사나 해야지요."

진성구는 계면쩍은 미소 속에 겸손을 떨었다.

대여섯 가지의 요리를 먹는 동안 이런저런 이야기로 시간을 보내다 드디어 후식이 테이블 위에 놓였다. 사업 목적으로 식사를 할 때 후식 후 헤어지기까지의 짧은 시간은 진성구에게 매우 중요한 시간이었다. 아무런 사업적인 언급이 없는 만남은 무언중에 더 중요한 의미가 담겨 있을 수 있지만, 그런 경우를 제외한다면 후식이 들어오고부터 헤어질 때까지가 정작 중요한 사업 얘기가 오고 가는 결정적 시간이 되기 때문이다.

5년 전 처음 사장직을 맡았을 때 이러한 요령을 몰라 일을 그르친 경우가 종종 있었는데, 진성구는 그것을 결코 잊을 수 없었다. 은행을 통해 어느 부실업체를 좋은 조건으로 인수하는 데 도움을 받을 목적으로 아버지 진회장과 거물 정치인의 식사에 합석한 적이 있었다. 그때 진성구가 식사 중 사업 얘기를 꺼냈다가 식사 후 아버지에게 호되게 꾸지람을 당했던 일이 있었다. 아버지가 한 말이 아직도 그의 귀에 쩌렁쩌렁 울려왔다.

"너 왜 그렇게 눈치가 없냐? 같이 식사하면 그 친구도 무슨 이유 때문인지 다 아는데 왜 주책없이 떠들어?"

"저는 그분에게 자세히 설명해드리려고요……."

"이론은 소용없어. 그 여우가 그걸 모르겠어? 왜 그렇게 아마추어 티를 못 벗어? 이현령비현령이라는 말도 몰라?"

그 순간 진성구는 '이현령비현령'이란 단어를 한자로 써보라고 아버지에게 대들고 싶은 심정이었다. 그러나 그것은 물론 호되게 꾸짖는 아버지를 향한 원망에서 나온 순간적인 생각이었지, 초등학교만 나온 아버지에게 차마 그렇게 할 수는 없었다.

"뻔한 얘기만 늘어놓으면 그 친구만 곤란해. 그냥 식사하고 헤어지면서 그 일 한번 챙겨보십시오, 해놓고 나중에 정치자금 갖다주면 되는 거야, 알았어?"

화가 풀리지 않았는지 아버지가 다시 꾸짖었다.

사실 아버지 지적대로였다. 다음에 같은 일로 또 다른 정치인과 식사를 할 때 식사 내내 두 노인네는 골프 얘기, 건강 얘기, 그리고 민망할 정도의 음담패설만 늘어놓았다. 헤어지기 바로 전 차를 타러 나오면서야 아버지 진 회장이 '시간 나면 은행장한테 전화 한번 걸어주십시오'라고 하자 정치인은 '그렇게 해보지요'라는 말로 끝이 났던 것이다. 다음날 돈뭉치를 정치인 집으로 가져간 건 자신이었고 그 일은 순조롭게 매듭되었다. 구차하게 설명할 필요도 없었고, 그냥 그렇게 모든 게 물 흐르듯 자연스럽게 이루어졌다."

"장관님, 앞으로 저는 3차 서비스 산업인 레저 쪽으로

사업을 확장할 계획입니다."

후식이 끝나갈 무렵 진성구가 자연스럽게 하고 싶은 말의 서두를 꺼냈다.

"좋은 일이지. 앞으로 레저 산업이 제조업 못지않게 국가 경제발전에 중요한 역할을 할 거야. 무슨 좋은 아이디어가 있나?"

"네, 레저 산업의 첫 번째 프로젝트로 골프장을 만들어볼 계획입니다."

"국내 골프 인구 증가에 비해 골프장 수용 능력이 턱없이 모자라기는 하지. 그런데 워낙 민감한 문제라서 말이야."

배 장관이 말하는 민감한 문제가 무엇을 의미하는지는 뻔했다. 최고 권력자가 정치자금 재원 조달의 방편으로 직접 관여하고 있으므로, 비록 허가를 관장하는 주무부처 장관이긴 하지만 자기 마음대로 할 수 없는 일이라는 뜻이었다.

"어느 정도 은밀하게 그쪽과 선은 닿아 있습니다."

진성구가 속삭이듯 말했다.

"누군데?"

배 장관이 과일용 포크를 테이블에 내려놓을 정도로 호기심을 보였다.

"우병선 회장님 아시지요?"

"알지."

"그분이 앞장서기로 했습니다."

아직까지 우 회장과는 이 건에 대해 구체적으로 거론도 하지 않은 상태였으나 진성구는 거짓말을 했다. 그렇다고 전혀 근거 없는 말은 아니었다. 지난번 만났을 때 슬쩍 운을 띄우기도 했고, 우 회장 몫으로 골프장 허가 한두 건은 이미 위로부터 내락을 받은 사항이라는 것이 주위에서 흘러나오는 정보였다. 우 회장이 괜히 소문만 나게 이곳저곳에 손을 내밀 수도 없는 처지이므로 이번 보궐선거 기간에 왕창 집어주면, 주는 사람도 그렇고 받는 사람에게도 명분이 있는 일인 것이다. 이미 자금도 마련했기 때문에 우 회장의 지구당 창당대회에 가서 전달하기로 계획하고 있던 터였다.

"그 사람, 믿을 만하지. 라인을 잘 잡았구먼."

배 장관이 과일 한쪽을 집어 입에 넣으며 말했다. 먹혀들어갔구나, 이제 됐다, 하고 진성구는 자신했다.

진성구는 속주머니에서 서류를 끄집어냈다. 다섯 장, 석 장, 한 장으로 된 골프장 프로젝트에 관한 사업계획서였다. 일단 다섯 장짜리 서류를 배 장관의 과일 그릇 옆에 놓고 사업 목적부터 설명하기 시작했다. 배 장관이

48

조금 지루한 표정을 지었다. 석 장짜리 계획서로 바꾸어 놓아도 배 장관의 지루한 표정은 가시지 않았다. 진성구는 석 장짜리 계획서마저 밀쳐내고 한 장으로 된, 큰 글씨로 간단히 요약한 계획서를 배 장관 앞에 놓았다. 그제서야 배 장관은 흥미를 보였다. 사업 목적 항 아래 다섯 줄, 사업장 위치 및 주위 상황 항 아래 세 줄, 사업 기간 항 아래 한 줄, 지역 경제에 미치는 영향 항 아래 두 줄, 그리고 마지막으로 관광수입 증대 및 국민체력 향상 항 아래 세 줄을 배 장관은 훑어보았다.

"한번 추진해보지그래."

배 장관이 사업계획서에서 눈을 떼고 커피잔을 입으로 가져가면서 말했다. 배 장관의 내락을 너무 쉽게 얻어내자 진성구는 오히려 어리둥절해졌다. 일이 되려면 쉽게 되어야 한다는 아버지 진 회장의 말이 새삼 실감나는 순간이었다.

아버지 진 회장의 불문율은 대강 이러했다. 첫째, 항상 정상에서부터 시작해 아래로 내려가라. 둘째, 초등학교 학생이라도 알아들을 수 있도록 간단하고 쉬운 논리로 설득해라. 셋째, 돈 얘기는 절대 언급하지 말고 암시만 주어라. 넷째, 국가경제 발전, 기업의 사회의식 따위 추상적인 말을 강조해라. 다섯째, 도와주는 사람이 생색이 나도록 해라.

"이 일이 성사되면 순전히 장관님 덕인 줄 알겠습니다."

진성구는 아버지 진 회장의 불문율 중 다섯 번째 사항, 즉 '도와주는 사람이 생색이 나도록 해라'라는 사항을 실행에 옮겼다.

"국가에 좋은 일이면 밀어주는 게 내 의무지, 뭐 딴 게 있나?"

배 장관이 싫지 않은 표정을 지으며 화답했다.

"자, 그럼 이제 일어나야지…… 대통령 지방 순시 때문에 내가 오늘 오후 지방으로 가야 돼. 이틀 후 돌아와 국장한테 얘기할 텐데 그 뒤로 진 사장한테 연락이 갈 거야. 다른 데나 단도리 잘해둬."

배 장관이 일어나며 말했다.

"감사합니다. 다른 곳은 걱정 마십시오."

'다른 데'란 최고 권력자 측을 지칭하는 것이고, 진성구에게 그것은 우병선 회장을 의미했다.

식당을 빠져나와 호텔 복도로 나서자 장관 수행 비서관이 이미 그곳에서 기다리고 있었다.

"그럼 우리 여기서 헤어질까?"

배 장관이 진성구에게 손을 내밀었다.

"그렇게 하시죠. 그럼 지방 출장 잘 다녀오십시오."

진성구는 배 장관의 손을 잡으며 말했다. 배 장관의
뒷모습이 사라지자 그는 하늘을 나는 듯한 기분이 되었
다. 복도에서 그냥 헤어지자는 배 장관의 말이 그의 귓
전에 울려퍼지고 있었기 때문이었다. 호텔 문 앞에서 배
장관이 자기와 같이 있는 것이 다른 사람의 눈에 띄는
것을 싫어한다는 것은 두 사람의 음모가 이미 시작되었
음을 의미했다.

진성구는 복도에서 서성거렸다. 일이 예상보다 훨씬
빨리 진척되고 있어 기회를 놓치지 말고 밀어붙여야 한
다고 직감했다. 그다음 어떤 행동을 취해야지? 진성구
는 자신에게 물었다. 뚜렷한 답이 떠오르지 않자, 아버
지라면 어떤 일을 다음 행동으로 옮겼을까? 하는 질문을
던져보았다. 순간 배 장관이 오늘 오후 지방으로 간다는
말이 퍼뜩 떠올랐다.

그렇다, 바로 그거다. 오늘 저녁 배 장관이 집에 없는
사이에 배 장관 부인을 만나 행동으로 옮기는 것이다.
배 장관의 마음이 변하기 전에 액션을 취해 그에게 부담
을 주는 것이다. 진성구는 후닥닥 복도 주위를 두리번거
렸다. 눈에 띄는 공중전화 부스로 가 버튼을 눌렀다.

"박 상무실 바꿔줘."

진성구는 1시 42분을 가리키는 손목시계에 시선을 주었다.

"박 상무님, 난데요…… 4시까지 마련해놓으라는 통장 있지요? ……그중 2억 원은 오늘 오후 6시까지 모두 현금으로 바꿔놓으세요. 만 원권으로…… 골프용 가방 두 개에다가 나눠 넣고 골프 티셔츠를 위에다 하나씩 덮어주세요. 내가 6시 전에 전화로 연락할게요. 오늘 저녁 T시로 가는 비행기 예약 취소하고, 내일 아침 8시경으로 다시 예약하라고 하고요."

진성구는 전화를 끊고 복도로 나왔다. 자신이 생각해봐도 아직까지 아마추어 티를 벗어나지 못했는지 흥분을 가라앉힐 수가 없었다.

그러나 그것도 잠시, 곧이어 허탈감이 찾아왔다. 한 나라의 권력실세를 요리한 자신의 멋진 연기를 떠올리자 오후 시간을 사무실에 앉아 보내기에는 그 들뜬 감정이 너무나 버거웠다. 무슨 좋은 일이 없을까? 내 훌륭한 연기에 대한 어떤 보상이 없을까?

다음 순간 여자의 나신이 그의 머릿속에 그려졌다. 특별한 여자의 나신이었다. 허식에서 빠져나오게 하는 나신, 자신을 되찾게 하는 나신, 현실에서 탈출하여 환상의 세계로 이끌어주는 나신…… 그렇다, 그 여자의 나신만이 나의 연기에 대한 보상이 될 수 있고, 그 여자의 나신만이 나의 마음을 진정시킬 수 있다. 그는 마음속으로 중얼거렸다. 그리고 공중전화 부스 쪽으로 다시 걸어갔다.

3. 여심과 욕심 : 진성구

- 야망을 위해서라면 사랑도 버리는 진성구.
- 가장 어리석은 남자는 자신의 에너지를 성욕이 넘치는 여자를 만족시키는 데 낭비하는 자다.
- 골프용 가방은 참 묘한 이용처를 찾았다. 만 원짜리 지폐로 1억 원을 넣으면 비교적 꽉 찼다('거품시대'에는 만 원권이 최고액이었다). 어쩌면 이러한 '창의성' 이 한국경제를 일으켰을지도 모른다.

진성구 사장은 호텔에서 좀 떨어진 곳에 차를 세워 내렸다. 그는 호텔 쪽으로 바삐 걸어갔다. 그의 머릿속 은 오로지 여동생 미숙의 친구이자 연극배우인 이혜정 의 생각으로 꽉 들어차 있었다. 그것은 이혜정이란 여자 가 내뿜는 마력이라 할 수 있었다. 그에게 육체적인 흥 분, 정신적인 환상, 그리고 순진한 부끄러움을 가져다 주는 그녀의 마력은 동시에 육체적인 노예, 정신적인 속 박, 그리고 음흉한 중년의 죄의식을 가져다주는 것이기 도 했다.

그는 프런트 데스크에서 열쇠를 받아 쥐고 엘리베이터

문 앞에 섰다. 엘리베이터가 빨리 내려오지 않자 그는 조바심 속에서도 이혜정 생각을 떨쳐버리지 못했다.

이혜정…… 혜정……. 그녀는 여동생 미숙처럼 한순간도 놓치지 않고 지켜보아온, 항상 옆에 있다고 느끼게 하는 여자였다. 유치원 시절의 귀염둥이가 초등학교 때의 어여쁜 소녀로, 고등학교 시절의 얌전한 여학생이 다시 대학교 시절의 발랄한 아가씨로, 그리고 또다시 무대 위의 열정적인 예술인으로 바뀌기까지 그녀는 그의 머릿속에서 언제나 살아 움직여왔다.

엘리베이터가 도착하자 진성구는 그 안으로 들어갔다. 그는 멍하니 벽을 응시하며 다시 생각에 잠겼다.

이혜정에 대한 그의 감정이 어떤 성질의 것인지 그 자신도 정확히 설명할 수 없었다. 뭐라고 할까, 동료의식이 바탕이 되고 있다고나 할까? 서로가 서로의 연기를 감상하는 관객으로서의 동료의식, 서로가 각자 맡은 연기를 해야 하는 연기자로서의 동료의식, 서로가 서로의 육체를 갈구하는 연인으로서의 동료의식……. 누군가 그것이 사랑이 아니냐고 물으면 그 자신도 단호하게 부정할 용기가 없을 것 같았다. 그렇다고 그들 사이에 아무런 장애물이 없다면 그녀와 부부간으로 결합하겠느냐 물으면 진성구의 솔직한 심정은 부정적이었다. 엘리베이터가 섰다. 그는 엘리베이터에서 내려 복도를 걸어나갔다.

호텔방 문을 열고 들어서는 진성구에게는 방안이 매우 눈에 익었다. 와본 적이 있어서 눈에 익은 게 아니었다. 호텔방은, 그것이 세계의 어느 도시의 호텔이건 간에, 수준의 차이는 있으나 항상 비슷한 모양을 갖추고 있게 마련이었다. 한 모서리를 벽에 붙인 침대가 놓여 있고, 소파 세트는 주로 창 쪽으로 있으며, 침대의 반대쪽 벽에는 거울이 붙어 있고, 문 앞쪽으로 욕실과 옷장이 배치되어 있었다. 언제부터인가 진성구는 호텔방에 들어서면 외로움이 몰려왔다.

도시의 소음이 차단된 밀폐 공간에는, 그 공간이 히터에서 뿜어내는 텁텁한 열기로 차 있든지, 에어컨에서 불어 나오는 차가운 바람으로 차 있든지 관계없이 항상 외로움이 도사리고 있었다. 그러나 그건 사업차 외국의 호텔에 들렀을 때의 경험이었고, 오늘은 그렇지 않았다. 어떤 여자, 기가 막히게 아름다운 여자를 기다리고 있는 이 호텔방은 어떤 기대감으로 충만해 있었다.

심문실에 있는 백인홍이 어떤 수모를 당하고 있든, 경찰에 쫓기는 이진범이 어떤 고뇌에 휩싸여 있든, 그건 그들의 개인 사정이지 진성구 자신이 상관할 바가 아니었다. 백인홍이 이진범의 부탁으로 관세청 심리 분실 수사관의 집에 현금뭉치를 전해주었기 때문에 뇌물공여죄로 호된 심문을 당하는 처지라든지, 이진범이 증거물인 장부를 수사관실에서 갖고 튀어 체포망을 피해 도피 중인 처지라든지 하는 것은 그의 관심사가 아니었다. 또한 지금 두 사람이 당하고 있는 고초가 순전히 자신의 지시를 받은 황무석의 제보로 시작되었다는 사실을 의식하는 것조차도 어려울 정도로 진성구는 이혜정이라는 여자 생각에 몰두해 있었다.

갑자기 몸이 나른해왔다. 그는 윗도리를 벗어 팽개치고 넥타이를 푼 후 침대에 털썩 몸을 던졌다. 머지않아 그 위에서 뿜어댈 정열의 불꽃이 환영이 아니고 현실일 것이기에 마음이 흐뭇해졌다. 그는 서서히 잠 속으로 빠져들어갔다.

노크 소리가 들려왔다. 와이셔츠 바람으로 깜박 잠들었던 진성구는 침대에서 벌떡 일어났다. 또다시 노크 소리가 들렸다. 그는 얼른 문 쪽으로 가 문을 열었다.

"오래 기다리셨어요?"

혜정이 방안으로 들어서며 미소를 지어 보였다. 보통의 키, 깡마른 체구, 아무렇게나 빗어 넘긴 머리, 화장기 없는 얼굴. 언뜻 보면 평범해 보이는 혜정의 모습이지만, 그에게는 무대 위에서 열연을 하는 정열적인 배우의 모습으로 그려졌다.

"깜박 잠이 들었었나봐."

손등으로 눈을 비비며 진성구가 말했다.

"늦어서 미안해요. 단원들이 모두 연습 중이라 일찍 빠져나올 수가 없었어요."

"괜찮아, 급히 연락해서 미안해."

"무슨 좋은 일이라도 있었어요? 아니면 나쁜 일이라도?"

트렌치코트를 벗어 옷장에 걸며 혜정이 미소 속에 말했다.

"혜정이를 보면 나쁜 일도 좋은 일이 되는 것 같아."

진성구는 미소 지으며 이혜정을 보았다. 그 순간 그는 그녀가 자신에게 특별한 존재임을 확인했다. 물고 물어 뜯기는 세상에 살면서 한시라도 긴장감에서 빠져나올 수 없는 그에게 이 여자는 순식간에 청년 시절의 느긋함을 가져다주었다. 타임머신이라고나 할까? 경쟁에 찌든 그를, 잔인함에 익숙해진 그를, 그리고 위선 속에 허덕이는 그를 과거의 먼 뒤안길에서 놓쳐버렸던 청년 시절로 되돌려주었다.

"커튼을 치고 불을 끄세요."

혜정은 블라우스를 벗으려다가 멈칫하며 뒤돌아서 말했다. 진성구는 커튼을 치고 불을 껐다.

모든 것이 순식간에 일어났다. 그녀가 자신의 육체 속으로 그를 깊숙이 받아들였을 때 그토록 끈질겼던 외로움이란 단어는 그의 머릿속에서 완전히 지워졌다. 아니, 모든 단어들, 세상 사람들이 지껄이는 모든 단어들, 특히나 거들먹거리는 사람들이 내뱉는 모든 단어들은 그의 머리에서, 그의 가슴에서 사라졌고, 그리고 그들의 호텔 방 밖으로 쫓겨났다.

한 몸이 두 몸으로 나누어지기 바로 전 다시 한 몸이 되면서, 그리고 또다시 한 몸이 두 몸으로 나누어지는 듯하면서 그들은 희열에 빠져들었다. 너의 향긋한 체취, 너의 가냘픈 육체, 너의 부드러운 살결, 너의 은밀한 곳, 그리고 그곳의 촉감……. 세상에 완벽한 것이 있다면 바로 이혜정 너다. 진성구는 무아경 속에서 마음속으로 외쳤다.

"날 정말 사랑해요?"

여자가 남자의 목덜미를 끌어안으며 말했다.

"지금 이 순간은 세상 누구보다도……."

남자는 몸을 움직이면서 대답했다.

"이 순간이 지나면요?"

남자는 침묵을 지켰다.

"이 순간이 지나면요?"

여자가 다시 물었다.

"또 이와 같은 순간이 오기를 기다리지."

"그런 순간이 영원히 다시 오지 않는다면요?"

과거에 있었던 두 사람의 사랑 행위 동안 남자는 대화를 원했고, 여자는 침묵을 원했었다. 그러나 오늘은 정반대였다. 남자는 이상한 생각이 들었다. 남자가 동작을 멈추고 여자를 가만히 내려다보았다.

"왜? 결혼이라도 한다는 거야?"

남자가 불쑥 내뱉었다.

"그럴지도 몰라요."

남자는 그녀의 몸속에서 빠져나오려는 몸짓을 했다.

"안 돼요. 그냥 계속해요."

노를 젓는 노예에게 지시하는 선장처럼 그녀는 그에게 명령했다. 그것이 그를 더욱 흥분시켰다.

순간 그녀의 몸이 파르르 떨렸다. 마침내 온몸의 뜨거운 피가 치솟아 올라온 듯 그녀의 얼굴은 뜨거운 열에 달구어진 쇠처럼 붉어졌다. 동시에 벌겋게 달구어진 쇠에 찬물이 끼얹어졌다. 희열과 고통이 뒤범벅이 된 신음 소리가 그녀의 입을 통해 흘러나왔다.

그 마지막 열락의 순간을 진성구는 좋아했다. 누가 뭐래도 그녀가 자신에게 속해 있음을 확인시켜주는 순간이기 때문이었다. 절정의 순간이 지난 후 항상 그러했듯이 그는 겸손해진 자신을 발견했다. 이혜정이 갑자기 어렵게 느껴질 정도로.

그들은 천장을 보고 누워 있었다. 둘 사이에 침묵이 흘렀으나, 그것은 침묵이라기보다 가슴과 가슴 사이의 대화라고 함이 옳았다. 여자의 가슴이 '이 남자를 잊을 수 있을까?' 하고 속삭이고 있었고, 남자의 가슴이 '이 여자가 가버리면 나는 잘 견디어낼 수 있을까?' 하고 물었다. 두 가슴이 똑같이 부정적인 답을 했다.

"나를 사랑해?"

남자가 천장에 시선을 둔 채 물었다.

"사랑하는 줄 몰라서 물으세요?"

여자가 반듯이 누운 채 대답했다.

"얼마나 사랑해?"

남자가 천장을 향해 다시 물었다.

"말로는 표현할 수 없을 정도예요."

"그럼 대충 범위라도 말해봐."

"그러면 나에게 새로운 하늘과 땅을 주어야 할 거예요."

잠시 침묵이 흘렀다.

"지금 연극하는 거야?"

남자가 침묵을 깼다.

"나는 안토니오가 아니고, 혜정은 클레오파트라가 아니야."

남자가 다시 말했다.

"인생은 모두 연극 아니에요?"

여자가 장난기 어린 웃음을 흘리며 침대에서 일어났다. 침대 옆에 놓인 옷을 집어 가슴을 가리고 욕실로 들어가는 여자의 뒷모습을 남자의 시선이 따라갔다.

남자는 그 자리에 누워 그의 귀에 곧 들려올 소리를 상상하고 있었다. 욕실에 샤워 물이 떨어지는 소리, 정적, 세면대에 물이 떨어지는 소리, 정적, 욕실 문이 열리는 소리, 그다음 젖은 머리를 말리며 흰 타월로 몸을 감싼 여자의 소리…… 샤워하세요, 혹은, 많이 바쁘세요?

그녀가 가장 아름다운 때를 고르라면 '샤워하세요' 혹은 '많이 바쁘세요?'라고 말할 때였다. 물기 젖은 머리, 화장기 없는 얼굴, 가슴부터 무릎까지 타월로 감싼 몸,

섬세한 어깨와 긴 목, 그리고 강인한 종아리……. 그는 그녀에게 조용히 다가가 입맞춤을 하면서 그의 후각을 자극할 그녀의 체취를 상상했다. 그것은 비누 냄새였다. 산뜻하고 짜릿한 비누 냄새였다.

순간 욕실 문이 열리는 소리가 들렸다. 곧이어 옷을 다 입은 여자가 나타났다. 너무나 예상 밖의 일이었다. 남자가 침대에서 상체를 일으키며 여자에게 의아해하는 시선을 보냈다.

"왜, 벌써 가게?"

"가야지요."

"어디로 가?"

"무대로 돌아가야지요."

"……."

"저는 제 무대로 돌아가고 당신은 당신 가족한테 돌아가고……."

남녀가 침묵 속에 서로를 마주 보았다.

"나도 무대 위로 올라가야 돼."

남자가 침대에서 내려오며 말했다.

"어떤 무대요?"

"사업이라 불리는 무대로."

"무슨 역을 맡았는데요?"

"악역을 맡았어."

"악역이 선한 역보다 연기하기 쉬워서 그래요?"

"아니, 선한 역은 다 죽게 돼 있거든."

여자가 미소를 지어 보였다.

"쉬다가 가세요. 저 먼저 갈게요."

여자가 등을 보였다.

"오늘은 같이 나갔으면 좋겠어."

"왜요?"

여자가 뒤돌아보면서 물었다.

"그냥…… 엘리베이터까지라도……."

"마지막이라고 그럴 필요 없어요. 대신 부탁이 있어요."

"…….”

"제 공연 때마다 장미꽃을 보내주세요. 직접 오지는 말고요."

여자는 뒤돌아 방을 나섰다.

진성구는 호텔 문을 나섰다. 그는 주차장으로 걸어가

며 점점 우울한 감정에 빠져들어갔다. 서울의 거리는 땅거미가 지기 시작했다. 마치 음흉한 음모가 펼쳐질 무대의 막이 올라가기 전 객석의 불이 서서히 꺼지듯. 밤의 서울 거리가 꽉 들어찬 객석이라면, 밤의 술집은 무섭고도 간교한 음모가 펼쳐지는 무대라 할 수 있을 것 같았다.

짜릿한 외로움이 진성구의 가슴에 와 닿았다. 그것은 과거 이혜정과 정사를 벌인 후 느끼는 감정과는 전혀 달랐다. 과거에 그가 느낀 것은 짜릿한 외로움이 아니라 허무함이었다. 몸속에 축적된 정열을 풀어버렸을 때 오는 허전함이었다.

오늘이 이혜정이라는 여자와의 마지막 만남이라는 생각이 들자, 갑자기 견디기 힘든 외로움이 엄습해왔다. 답답함과 해방감이 반반씩 섞인 외로움이라고나 할까? 그나마 잠시 동안이라도 더러운 현실에서 벗어나게 해주었던 그녀의 정열이, 그녀의 희열이, 그녀의 신음이 그에게서 멀어진 지금부터는, 무서운 속도로 현실 속을 휘젓고 다닐 자신의 미래가 눈앞에 훤히 그려졌다.

나는 어떤 삶을 살게 될까? 진성구는 자신에게 물었다. 이왕 정해진 인생을 살 수밖에 없는 운명이라면 철저하게 사업 이외의 모든 것을 잊고 뛰는 수밖에. 미래의 한 시점, 그가 죽음을 목전에 두고 부를 좇다 낭비해 버린 인생을 후회하는 눈물을 흘려야 할지라도 그건 미래의 문제, 당장 살아남으려면 눈을 질끈 감고 뛰는 수밖에! 진성구는 자신을 달랬다.

배 기사가 차 뒷문을 잡고 있었다. 한 발짝 몸을 차 안으로 밀어넣으면서 그는 왼손을 폰으로 가져갔다. 차가 움직이기 시작하자 진성구는 카폰의 버튼을 눌렀다.

"박 상무님?"

진성구가 말했다.

"네, 사장님."

"얘기해놓은 것 준비되었어요?"

"네, 다 준비되었습니다. 골프용 가방 둘에 물건을 나누어 넣고 티셔츠를 위에 덮었습니다."

"지금 팔레스 호텔 앞으로 갈 테니까 박 상무님이 그걸 가지고 호텔 앞으로 오세요."

"네, 지금 떠나겠습니다."

진성구는 뒷좌석에 몸을 깊숙이 파묻었다.

"팔레스 호텔로 가. 장관 댁은 알아두었지?"

배 기사에게 물었다.

"네, 압구정동 아파트입니다."

배 기사가 말했다. 진성구는 배 장관의 부인이 어떤

여자일까 궁금했다. 10년 이상 연상의 남편과 사는 여자라면 자신의 서모와 비슷할지 모른다는 생각이 들었다. 매끈하고, 상냥하고, 주책없이 지껄이고, 남편을 손아귀에 넣어 주무르고, 그리고 무엇보다 돈을 좋아하고…….

2억이라는 거액이 도박꾼들에게는 그렇게 큰돈이 아닐는지도 모른다. 그러나 골프용 가방 둘에 가득 찬 만 원짜리 현금 다발은 분명히 여자의 가슴을 뒤흔들어놓으리라는 것을 진성구는 확신했다. 여자를, 특히나 이혜정 같은 여자를 잊기 위해서는 일을 만드는 수밖에 없다는 결론을 내렸다. 좋은 일이든 나쁜 일이든 상관없이.

그는 이내 가슴이 뿌듯해졌다. 일이 제대로 진행돼 빠른 시일 내에 골프장 허가를 따냈을 때의 기쁨, 2~3년 후 자신 소유의 골프장이 개장되었을 때의 긍지, 그리고 자신의 골프장에서 해질 무렵 필드를 밟을 때의 뿌듯함이 벌써 그의 가슴에 와닿았기 때문이었다. 물론 앞으로 해결해야 할 문제가 하나둘이 아니라는 것을 진성구 자신이 누구보다도 잘 알고 있었다. 무엇보다 권력자의 손으로 들어가야 할 정치자금을 마련해야 하지만, 골프장 허가만 보장된다면 정치자금 변통하기란 그리 어려운 일이 아닐 것 같았다.

차가 팔레스 호텔 정문 앞으로 들어서자 그곳에 대기

하고 있던 박인태 상무가 다가섰다.

"사장님, 물건을 제 차에 두었는데 가지고 오겠습니다."

"뒤 트렁크에 넣어주세요."

골프용 가방 두 개를 진성구의 차 트렁크에 실은 후 박 상무가 뒷좌석 쪽으로 왔다.

"회사에는 별일 없지요?"

"이진범 사장이 여러 번 사장님을 찾았습니다. 회사를 나오기 전 저한테도 직접 전화를 해왔고요."

진성구가 얼굴을 찡그렸다.

"보관용 수표를 은행에 돌리지 않기로 사장님과 약속했다면서 회수하도록 부탁했습니다. 어떻게 하지요?"

"황 이사와 상의해서 결정하세요."

황 이사와 상의하라는 진성구의 의도는 뻔했다. 회수하지 말라는 뜻이었다. 차는 다시 움직였다.

압구정동 번화가에 들어서자 차는 굼벵이 걸음을 했다. 차도 옆으로 죽 늘어선 외국 유명상표의 고급 의상 진열대가 차창을 통해 진성구의 눈에 비쳤다. 곧이어 외국 체인 음식점의 화려한 네온사인과 그곳에서 북적거리는 젊은 사람들의 모습이 보였다. 우리가 벌써 이렇게 살아도 되는 건가? 뭐 잘못된 게 아닌가? 이러한 의문이 잠시 그를 불안케 했다.

그러나 그런 불안감도 잠시뿐, 배 기사가 장관 댁이 가까워졌다고 하자 진성구는 바짝 긴장했다. 사장으로서의 가장 중요한 임무를 들자면 고급 관료나 영향력 있는 정치인들에게 뇌물을 전하는 일이었지만, 지금처럼 부인에게 전하기는 처음 있는 일이기 때문이었다.

지난 5년 동안 사장직에 있으면서 진성구는 별의별 수단을 다 동원해 임무를 충실히 수행했던 것이다. 뇌물을 전달하는 방법만 해도 놀라운 변화를 거쳐왔다. 과자 상자, 케이크 상자로 시작해 골프용 가방으로 바뀌었고, 근래에 와서는 첨단 기술을 이용해 상대방의 친척이나 상대방이 지정한 가명 계좌에 온라인으로 뇌물을 송금하는 일이 벌어졌다. 뇌물을 주는 장소로는, 사무실에서 떳떳하게 소파 옆 탁자 서랍을 열고 현금이나 보증 수표가 든 봉투를 넣어준다든지, 호젓한 요정 별실에서 옷걸이에 걸린 윗저고리 안주머니에 넣어줄 때도 있었고, 청탁 케이스가 예민하고 액수가 크면 저녁 늦게 집으로 찾아가는 경우도 있었다.

때로는 상대방이 외국 여행을 갈 때 따라붙어 외국에서 뇌물을 전한다는 소문을 들었으나, 진성구는 아직까지 그래본 적은 없었다. 그것 외에 또 한 가지 진성구가 해보지 못한 것이 있었다. 그것은 오늘 저녁처럼 상대방의 부인에게 뇌물을 전하는 것이었다. 아무리 사업을 위해서는 철면피가 되어야 한다지만 진성구로서는 상대방의 배우자에게 뇌물을 전할 수 있을 만큼 낯이 두껍지 않았었다. 적어도 오늘 저녁 전까지는 그랬다.

고층 아파트 입구 앞에 차가 섰다.

"몇 호지?"

진성구가 배 기사에게 물었다.

"502호입니다."

"트렁크에 있는 가방 이리 가지고 와."

배 기사가 운전석에서 내려 트렁크를 열고 골프용 가방 두 개를 꺼내왔다. 진성구는 지퍼를 조금 열어보았다. 붉은색 셔츠가 눈에 띄었다. 이왕이면 점잖은 색으로 고를 것이지, 하고 진성구는 속으로 박 상무를 탓했다. 그는 백만 원 묶음의 현금 다발 백 개씩이 들어 있는 골프용 가방 두 개를 한 손에 한 개씩 들고 차에서 내렸다.

엘리베이터를 타고 5층에서 내린 그는 아파트 문 앞에 섰다. 초인종을 눌렀다. '누구세요' 하는 여자의 목소리가 인터폰을 통해 들려왔다.

"대하실업 진성구 사장입니다."

"장관님 오늘 출장 가셨는데요."

여자의 목소리가 다시 들려왔다.

"사모님 뵈려고 왔습니다."

곧 문이 열리고 50대 초반으로 보이는 세련된 여인이 나타났다.

"사모님이시지요?"

"네."

"대하실업 진성구입니다. 잠시 뵐 수 있을까요?"

"들어오세요. 집을 정리하지 않아서……."

"아니 괜찮습니다."

진성구는 현관에 들어서며 손에 든 골프용 가방 두 개를 신발장 위에다 놓았다. 그는 50평 정도 되는 아파트의 응접실로 들어가 부인이 먼저 앉기를 기다렸다.

"사모님, 앉으시지요."

부인이 소파에 앉자 진성구는 넙죽 큰절을 했다. 깜짝 놀라 반쯤 일어나려는 부인에게, 그가 먼저 일어서면서 "배 장관님께서 좋은 댁과 인연을 맺게 해주셔서 고맙습니다"라고 말하자 부인은 다시 자리에 앉았다.

"이인환 교수가 제 사촌오빠지요."

부인이 부드러운 미소 속에 그에게 말했다.

"오늘 점심을 장관님과 같이했습니다. 오후에 출장 가

신다고 해서 사모님께 그냥 인사나 드리려고 지나는 길
에 들렀습니다."

"사업하시느라 바쁘실 텐데 이렇게 일부러 시간까지
내어서……."

부인은 송구스러워하면서 차를 가지고 오겠다고 일어
섰다. 소파 옆 책장으로 진성구의 시선이 갔다. 별 하나
부터 별 세 개가 박힌 여러 종류의 감사패가 배 장관의
화려했던 군인 시절을 잘 대변해주고 있었다.

"코가 맵지요? 또 학생들이 데모를 했나봐요."

찻잔을 탁자 위에 놓으며 부인이 말했다.

"요즘 워낙 최루탄 공기에 익숙해져서……."

진성구가 어이없다는 미소 속에 말했다.

"걸핏하면 데모니 이러다가 김일성이라도 내려오면 어
쩌려고……."

부인이 창으로 가 유리창 문을 닫으며 말했다.

"학생들이 하라는 공부는 하지 않고 이러니 보통 문제
가 아닌 것 같습니다."

차을 들며 진성구가 맞장구를 쳤다.

"점심때 대학교 앞을 지나오는데 데모 때문에 길이 막
혀 혼났어요. 데모하는 대학생들 비행기로 몽땅 실어다
북한에 갖다놓으면 좋겠어요. 고생을 해야 정신을 차리

지. 편하니까 이 모양이에요."

부인이 소파에 앉았다.

"네, 맞습니다. 우리나라처럼 민주화가 잘된 나라가 어디 있습니까? 경제는 생각하지 않고 덮어놓고 민주화만 부르짖으니 사회 질서는 엉망이 되고, 이제는 노동자들까지 대학생들을 닮으려고 합니다."

"정말이지, 이러다간 김일성 좋은 일만 시키겠어요. 학생들은 학생답게, 노동자들은 노동자답게 자기들 분수를 지켜야지, 자기들이 정치를 하겠다고 설치니 나라꼴이 되겠어요?"

진성구와 부인이 동시에 차를 마셨다. 좀 어색한 침묵이 흘렀다.

"장관님께서도 이제 국회로 나가셔야지요."

찻잔을 내려놓으며 진성구가 말했다.

"국회의원 선거라는 게 돈 싸움인데 우리 양반같이 고지식한 군인 출신이 되겠어요?"

"배 장관님 같은 분이 국회에 나가신다면야 저희들이 앞장서야지요. 저와 같이 앞장설 사업가가 많이 나올 겁니다."

"고마우신 말씀……."

죽과 장이 척척 들어맞았다. 이런저런 허튼 이야기로

10분 정도 보낸 후 진성구는 자리에서 일어나며 말했다.

"그럼 인사드렸으니 오늘은 이만 가보겠습니다. 가끔 찾아뵙지요."

진성구는 현관으로 나와 신발을 신었다.

"여기 이건, 장관님께서 정치하는 후배들 도우시려면 필요하실 것 같아서……. 제 성의입니다."

진성구가 신발장 위에 놓아둔 골프용 가방을 가리키며 말했다.

부인은 골프용 가방 속에 무엇이 들었는지 벌써 눈치를 챘는지 놀라는 구석이 별로 없었다. 문 앞에서 부인과 헤어져 엘리베이터를 탄 진성구는 배 장관의 미래를 그려보았다.

장관직을 그만둔 즉시 좋은 단독주택이나 고급 빌라로 이사를 갈 테고, 골프장에서 국가의 장래를 염려하며 소일하다보면 머지않아 알짜배기 국영 기업체 사장직이나 장관직이 다시 돌아올 거고, 기회가 오면 여당 공천을 얻어 국회로 진출해 국정을 논하다가, 늙어서 죽으면 국립묘지에 안치되는 영광이 돌아오고……. 누구라도 부러워할 미래가 틀림없었다.

차에 올라타며 진성구는 마음이 찜찜했다. 방금 전 자신이 한 짓, 자신이 지껄인 말이 뇌리를 스쳐갔기 때문이었다. 지금 자기가 무슨 짓을 했나, 하는 회의가 들었다. 다음 순간 그는 고개를 세차게 흔들었다. 무슨 일이 있든, 어떤 짓을 하든, 무대의 막은 올라가야 하고 관중들의 조소를 받지 않으려면 자신이 맡은 역을 멋지게 해내야 한다고 진성구는 자신을 다독거렸다.

4. 사각지대 : 백인홍/이진범

- 심문받는 백인홍, 도망 다니는 이진범.
- 검찰과 병원을 멀리하고 산다면 일단 성공적인 인생이라 할 수 있다.
- 특히 고시 공부하느라 인문학적 상상력이 부족한 검찰과는 개인적으로나 공식적으로도 가까이해서는 안 된다. 그러나 검사 입장에서 직업 범죄자를 다루는 데는 인문학적 소양이 방해가 된다.

문 닫히는 소리가 '꽝' 하고 났다. 잠시 탁자에 엎드려 있던 백운직물의 백인홍 사장이 깜짝 놀라 고개를 들었다. 수사관이 잠시 자리를 비운 사이 깜박 잠이 들었던 모양이었다. 무심결에 시선이 간 손목에는 시계가 보이지 않았다. 잠시 후 시계는 물론 넥타이와 허리 벨트까지 없어진 채 와이셔츠 차림인 자신을 발견했다. 주위를 둘러보았다. 세 평 남짓한 밀폐된 방안이었다. 이진범의 부탁으로 관세청 심리 분실의 김상열 수사관 집에 돈을 갖다준 후 회사에 있다가 아침 10시에 검찰청 수사관에 의해 이곳에 끌려온 지 족히 몇 시간은 지났으리라고 백인홍은 어림잡았다.

"여기가 어딘 줄 알고 잠을 자?"

흰 종이 한 장을 손에 든 수사관이 탁자를 사이에 두고 앉으며 백인홍에게 말했다.

"지금 몇 시나 되었소?"

백인홍이 앞에 앉은 수사관에게 나직이 물었다.

"알 필요 없어. 당신이 불 때까지는 며칠이 걸려도 못 나갈 테니까."

"불 것도 없소. 내가 수십 번 말하지 않았소."

백인홍이 지겨운 듯 힘없이 대꾸했다.

"다시 말해봐, 어서……."

잠시 사이를 두었다가 백인홍이 입을 열었다.

"내가 김상열 수사관 집에 돈을 가져다준 것은 이진범 사장이 시켜서 한 게 아니라고 말하지 않았소?"

"그럼 왜 갖다줬어?"

"이진범 사장을 너무 심하게 다루지 말라고 나 혼자 결정한 거요."

"이 새끼가……."

수사관의 장지가 백인홍의 이마에서 '탁' 하고 튕겨졌다.

"너 누굴 놀리는 거야? 이 새끼, 사람을 병신으로 아나?"

백인홍은 아무 말도 하지 않고 고개를 숙인 채 눈을 감고 있었다.

"이거 한번 읽어봐."

수사관이 백인홍 앞에 종이 한 장을 놓으며 말했다. 백인홍은 눈을 뜨고 종이를 내려다보았다.

'이 사장, 당신을 꼭 만나야 돼. 만나면 일을 해결할 방법이 있어. 당신이 있는 장소나 만날 수 있는 장소를 가르쳐줘.(서울에서 가까운 곳이면 오늘 저녁 약속을 하고 지방이면 내일 아침 일찍 만날 수 있도록 약속할 것)'라고 쓰여 있었다.

"이게 뭐요?"

백인홍이 고개를 들고 수사관에게 물었다.

"뭔지 몰라서 물어? 앞으로 당신이 이진범이랑 통화할 내용이야."

백인홍은 어이없다는 표정을 지었다.

"비웃어? 우린 지금 미칠 지경인데 당신 지금 장난하는 줄 알아?"

수사관이 소리를 질렀다.

"이 사장 있는 곳을 알면 왜 당장 가서 체포하지 않소?"

"이 친구…… 이진범이 있는 곳을 알면 왜 체포 안 하겠어. 모르니까 이 고생을 하는 거 아냐? 내일까지는 무슨 일이 있어도 체포하라는 특명이 떨어져 있어."

"중소기업하는 사람 하나 때문에 왜 이리 야단법석이오?"

'특명'이라는 말이 가당찮게 들려 백인홍이 말했다.

"그게 아니야. 당신도 협조하는 게 좋을 거야. 이건 보통 사건이 아니라고."

"무슨 이유로요? 수출용 원자재 좀 시장에 내다 팔았다고요? 수출 하청업체면 누구나 다 하는 짓이오. 대기업은 드러내놓고 하는데 왜 불쌍한 중소기업자만 조지는 거요?"

"이 새끼가……."

수사관의 장지가 다시 그의 이마에서 '툭' 하고 튕겼다. 초등학교 시절 선생님에게 '알밤'을 맛본 이후 이곳에 들어와서 처음으로 경험하는 것이었다. 갑자기 그는 자신이 선생님 앞에 있는 초등학교 학생처럼 느껴졌다. 그러나 백인홍은 이를 악물었다. 절대로 질 수는 없다고 자신을 채찍질했다.

뭔지 모르게 처음부터 낌새가 이상했다. 지난 몇 시간 동안 수사관이 세 명이나 연거푸 나타나 한 사람은 살살 달래고, 또 한 사람은 윽박지르고, 또 한 사람은 손찌검을 하는 것으로 보아 백인홍이 처음부터 예상했던 사건 내용 이상의 뭔가가 있음에 틀림없었다. 무엇일까? 백인홍은 점점 혼란에 빠졌다.

"당신도 권혁배 의원하고 친한 사이야?"

수사관이 백인홍을 다그쳐 물었다.

"나는 모르는 사람이오."

"정말이야?"

"물론 언론 보도를 통해 누군지 알고 있는 정도지 만나본 적은 없소."

"권혁배, 어떤 사람이야? 알고 있는 대로 말해봐."

수사관이 다그쳤다.

"운동권 학생 출신으로 30대 후반의 야당 소속 초선 국회의원이라는 정도만 알고 있소."

"이진범이 권 의원하고는 가까운 사이지?"

"얼마나 가까운지는 모르겠소."

"이진범과 권 의원이 고등학교 동기동창인데 가깝지 않단 말이야?"

"……."

"당신하고 이진범하고는 어떤 사이야?"

"같은 대하실업의 하청업자로서 나이도 동갑내기라 사업적으로 가깝게 지내는 사이요."

백인홍은 이상한 느낌이 들었다. 수사관들의 진정한 타깃은 원자재 유출 증거물을 탈취한 이진범도, 또 이진범의 부탁으로 수사관 집에 돈을 갖다준 자신도 아닌, 권혁배 의원일지도 모른다는 예감이 퍼뜩 스치고 지나갔다. 이진범을 통해 권 의원의 비리를 찾아낸 후 권 의원을 궁지에 몰아넣으려는 것이 그들의 작전인가? 그는 추측해보았다.

만약 그것이 사실이라면? 그는 치를 떨었다. 고래 싸움에 새우등 터진다고, 권 의원을 수사기관에서 때려잡으려 든다면 중간에 끼인 이진범은 잡히기만 하면 작살이 날 것이 뻔했다. 무슨 수를 써서라도 이진범의 구속을 막아야 한다고 백인홍은 결론을 내렸다.

"종이에 적힌 것 소리 내어 읽어봐. 외울 정도로 여러 번 읽어. 한 자라도 틀리면 작살나는 줄 알아."

수사관이 엄포를 놓았다.

"이 사장, 당신을 꼭 만나야 돼. 만나면 일을 해결할 방법이 있어……."

백인홍은 다시 읽기를 계속했다. 그러는 중 심문실 문이 열리고 다른 수사관이 무선 전화기를 들고 들어왔다. 며칠 전 신문기사를 통해 소개된 신제품 모토로라 휴대폰이었다.

"준비됐어?"

무선 전화기를 들고 온 수사관이 물었다.

"됐을 거야."

"자, 그럼 시작할까. 당신 허튼소리 하면 작살나는 줄
알아."

한 수사관이 말했다.

"아니, 이진범 사장이 어디 있는지 알면 당신들이 가
서 체포하면 되지 왜 나하고 통화하게 하는 거요?"

"이진범이 어디 있는지 우리가 분명히 알긴 알지…….
바로 이것과 같은 최신형 휴대폰 옆에 있어."

한 수사관이 미소 지으며 말하자 다른 수사관이 낄낄
웃었다.

"이 사장이 어디 있는진 모르지만 도망갈 때 휴대폰을
가지고 갔다는 것은 알고 있다는 말이야."

"그건 어떻게 아시오?"

백인홍이 물었다.

"회사에서 알아봤지. 회사 중역이 이진범의 휴대폰으
로 전화를 해 통화하기로 했다더군. 그래서 이진범이 꼭
휴대폰을 가지고 다니고…….."

그제서야 백인홍은 모든 걸 이해할 수 있었다. 자신과
이진범의 전화 통화를 이용해 이진범의 소재를 알려는

것이 수사관들의 의도였다. 어떻게 하지? 백인홍은 막막했다. 어떻게든 체포당하지 않게 해야 하는데. 이 자들이 권 의원을 죽이려고 눈을 벌겋게 뜨고 있으니, 이진범이 체포되면 이진범과 나는 산송장이나 마찬가지일 텐데……. 백인홍은 급히 무슨 방도를 강구해야만 했다. 한 수사관이 무선 전화기의 버튼을 눌렀다. 그러고는 얼른 백인홍에게 건네주며 인상을 험하게 지어 보였다.

"여보세요."

이진범의 목소리가 전파를 타고 전해져왔다.

"나 백 사장이야."

"백 사장, 어떻게 됐어? 별일 없지. 미안해, 일이 잘못되어……."

이진범의 흥분한 목소리였다.

"이 사장, 내 말 잘 들어."

백인홍이 이진범의 말을 낚아챘다.

"나 지금 검찰청에 와……."

백인홍의 말이 끝나기도 전에 한 수사관의 손이 그의 머리를 움켜쥐었다.

"왜?"

이진범이 물었다.

"체포되었어. 수사관 집에 뇌물을 갖다주었다고."

백인홍은 머리에서 통증을 느꼈다. 순간, 그 정도로는 머리털이 빠지지 않으리라고 그는 자위했다.

"뭐라고?"

이진범의 목소리가 다시 들려왔다.

"자, 지금부터 얘기하는 걸 잘 듣고 내가 시키는 대로 꼭 해야 돼. 잘 들어……."

그 순간 백인홍은 수사관이 움켜쥔 머리를 강렬히 흔들어 빼내고 자리에서 벌떡 일어나 벽 구석으로 급히 갔다. 구석에 바싹 붙어 몸을 구부린 채 두 손으로 무선 전화기를 움켜잡고 빠르게 말하기 시작했다.

"지금 검찰에서 권혁배 의원을 조지려고 해. 이 사장을 통해서 말이야."

어깨가 부서질 듯한 통증이 느껴졌다. 누군가 뒤에서 백인홍의 어깨를 다시 내려쳤다.

"이 사장이 잡히면 우리 둘 다 작살이 날 거야. 그러니 잡히지 말고 숨어."

백인홍의 등과 엉덩이에 구둣발이 파고들어왔다.

"알았지? 이 사장 잡으려고 발광을 하고 있어. 무조건 튀어, 내 걱정 말고……."

백인홍은 무선 전화기를 내동댕이치고 두 손으로 머리를 감싸며 주저앉았다. 무수한 발길질이 위에서 떨어졌다. 그러나 그는 소리 내어 웃고 있었다. 휴대폰을 든 채 어리둥절해하고 있을 이진범의 모습이 상상되었기 때문이었다.

휴대폰을 들고 있던 이진범의 손이 파르르 떨렸다. 둔탁한 소리, 사람의 살과 뼈에 가해지는 묵직한 소리가 놀랍게도 백인홍의 허탈한 웃음에 섞여 손에 쥔 휴대폰을 통해 이진범의 귀에 또렷하게 들려왔다. 그것은 귀로 듣는 것이 아니라 가슴으로 느끼게 하는 소리였다. 그는 전율을 느꼈다. 둔탁한 소리가 웃음이 아닌 신음 소리나 울부짖는 소리에 섞여 들려왔더라면 오히려 그토록 전율하지 않았을지도 모른다.

이진범은 휴대폰을 자신이 앉아 있던 이부자리 위에 던지고 방바닥 위에 놓인 반쯤 빈 소주병과 갈가리 찢긴 오징어에 시선을 주었다. T시의 싸구려 여인숙 방안, 한쪽 벽 높이 달린 유리창 외에는 외부 세계와의 통로를 차단할 수 있었을 것 같았던 아늑하고 자그마한 방도 전파는 막을 수 없었는지, 전파가 그의 뒤를 쫓아와 그의 목덜미를 잡은 셈이었다.

 법망을 피해 버스로 T시를 찾아온 것도, T시에서 이곳 여인숙이 있는 동네에 찾아온 것도 다른 이유 때문이 아니었다. 단순히 어릴 때 떠난 고향을 찾고 싶어서였다. 고향만이 그에게 어떤 해답을 줄 것 같았다. 그러나 어린 시절의 고향이었던 T시는 불행하게도 서울과 유사한 모습으로 변모해 있었다. 그의 기억에 있던 동네는 온데간데 없어지고 지저분한 싸구려 여관과 술집, 그리고 여인숙이 자리잡고 있었다. 그래도 옛날 자신이 살던 집이 위치한 곳에 세워진 이곳 여인숙에 묵으면 고향의 품속에서 느낄 수 있는 포근함을 되찾을 수 있을 것이라고 생각했다. 그러나 포근함은커녕 첫 번째 그를 찾아온 소식이 백인홍의 전화였으니 그의 기대가 얼마나 어리석은 것이었는지 절실히 느꼈다.

 이진범은 앞에 놓인 빈 잔에 소주를 따랐다. 조금 전 백인홍이 한 말이 사실이라면, 자신과 백인홍을 희생시키면서 권혁배 의원을 잡아들이려는 이유가 무엇일까? 이진범은 앞에 놓인 술잔을 들어 단숨에 들이켰다.

 빈 술잔에 술을 다시 따른 후 이진범은 휴대폰 버튼을 눌렀다.

 "권 의원님 계십니까?"

이진범이 나직이 물었다.

"안 계시는데요, 누구신지요?"

"오늘 아침에 찾아갔던 이 사장입니다."

"카폰으로 연락해보시지요."

"몇 번이지요?"

이진범은 여직원이 불러준 전화번호를 받아 적은 후 버튼을 눌렀다.

"여보시오?"

권혁배 의원의 독특한 저음이 전화선을 타고 왔다.

"권 의원, 나 이진범이야."

"이 사장, 지금 어딨어? 아니…… 아니야, 말하지 마. 도청되고 있을지도 몰라. 지금 잘 있지?"

"잘 있어, 권 의원한테 미안해."

"그런 소리 마. 내가 잘못 판단한 것도 있어."

"권 의원, 검찰청에서 권 의원을 나하고 같이 얽어매려고 해."

"다 알고 있어. 이 사장이 내 자금줄인 줄 잘못 알고 생발광이야."

"어떡하지?"

"내 걱정 말고 이 사장이나 꼭꼭 숨어 있어."

"미안해, 권 의원. 내 언제고 신세 갚을게."

"언제가 아니라 빨리 갚도록 해."

권 의원의 웃음 섞인 목소리가 들려왔다.

"그리고 이 사장, 진 사장 회사 약점 좀 찾아내봐. 정보가 생기는 대로 즉시 나한테 연락해줘."

"알겠어."

전화를 끊자 이진범은 멍한 기분이었다. 단순한 수출용 원자재 유출로 시작한 사건이 권력층과 재야 출신 권의원의 정치 싸움으로 비화되었고 또 아무 관계없는 백인홍의 연금으로 이어졌으니, 쉽게 해결될 문제가 아닌 것 같았다. 얽히고설킨 실타래를 풀어나갈 마음의 여유가 필요하다고 이진범은 생각했다.

그는 텔레비전을 켰다. 뉴스에서 아나운서가 보궐선거 소식과 내일 이곳 T시에서 열릴 여당 지구당 창당대회와 지구당 위원장으로 내정된 권력자의 사촌동생 우병선에 관해 떠들어댔다. 그는 텔레비전을 껐다. 이부자리에서 일어나 벽에 걸린 점퍼를 걸치고 휴대폰을 점퍼 주머니에 넣은 후 여인숙 방을 나섰다.

여인숙에서 그리 멀지 않은 곳에 있는 포장마차에 이진범은 고개를 쑥 들이밀었다. 부근의 건설 현장에서 하루 일을 끝낸 막일꾼들로 보이는 사람들이 기다란 의자에 둘러앉아 소주잔을 기울이고 있었다. 그는 옆자리 빈

곳에 자리를 잡았다.

"소주 한 병하고 안주 한 접시 주세요."

이진범이 말했다.

"무슨 안주로 줄까예?"

40대로 보이는 주인이 말했다.

"뭐가 좋아요?"

"제육볶음이 괜찮심더."

"좋아요. 소주 먼저 주세요."

앞에 소주병이 놓이자 이진범은 잔에 따라 한 잔 쭉 들이켰다. 다시 술을 따라 두 번째 잔도 단숨에 털어넣었다. 그리고 세 번째 술잔을 입으로 가져가는 도중 문득 옆에 있는 사람의 강한 시선을 느꼈다. 순간 입으로 가져가던 소주잔을 내려놓으며 고개를 옆으로 돌렸다.

"이성수 교수시지요?"

이진범이 입을 열었다.

백인홍의 고향 친구로 몇 차례 백인홍과 함께 술자리에 합석한 적이 있어 낯익은 이성수 교수가 옆자리에 앉아 있었다. 이성수는 이미 매우 취한 듯 눈이 풀려 있었다.

"이진범 씨던가요?"

이성수가 반가운 표정을 지었다.

"그래요."

"백 사장과는 요새도 자주 어울리십니까?"

"같은 회사의 하청업을 하니 아무래도 얼굴 볼 기회가 자주 있지요."

이진범은 취기가 싹 가시는 기분이었다. 이성수가 싫다거나 과거에 무슨 기분 나쁜 일이 있어서가 아니라 그가 진미숙의 전남편이라는 사실 때문이었다. 솔직히 말해 술자리에서 들었던 이 교수의 독설적이고 풍자적인 사회 비판은 재미도 있었고, 어떤 면에서 유익한 점도 있었다. 그러나 우연한 기회에 백인홍으로부터 이성수가 진미숙의 전남편이었다는 사실을 전해 듣고부터는 다른 핑계를 대며 그와의 합석을 피해왔던 터였다.

"그런데 이곳에는 어떻게?"

이성수가 의아해하는 표정으로 물었다.

"네, 내일 이곳에서 집안 혼사가 있어서요."

이진범이 얼른 머리에 떠오르는 거짓말을 둘러댔다.

"나는 내일 있을 여당 지구당 창당 때문에……."

이성수가 진담인지 농담인지 야릇한 미소 속에 어물어물했다.

독설가인 그가 우병선이라는 권력자 사촌동생의 창당 대회에 무슨 볼일이 있는지 궁금했다.

"그런데 이 교수가 무슨 관계가 있어……."

"지구당 창당대회에 참석하라고 내가 속한 연구소 소장이 내려보내서…….."

그들은 똑같이 술잔을 비우고 서로에게 권했다.

"이 교수는 이렇게 포장마차에서 혼자서 술 마시는 게 취미십니까?"

앞에 놓인 제육볶음 접시에서 한 점을 집어 입으로 가져가며 이진범이 물었다.

"대한민국에서 같이 술 마실 만한 사람은 포장마차 외에는 아무 데서도 찾아볼 수 없죠."

이성수의 독설이 발동이 걸리는 듯했다.

"이 사장은 왜 이런 곳에 와 혼자 술 마십니까?"

이진범이 머뭇거리자 이성수가 다시 입을 열었다.

"내가 대답해볼까요? ……학창 시절의 젊음을 되찾기 위해서 온 거지요?"

"……."

"왜 모두가 학창 시절의 젊음을 되찾고 싶어하는지 아세요?"

이성수는 물음 끝에 '꺽' 하고 딸꾹질을 한 후 목청을 높이기 시작했다.

"학창 시절의 젊음이 지나간 순간부터 우리는 늙은이가 되어버리는 거요. 관 속에 들어갈 때만 기다리는 늙은이 말입니다."

"서른여덟에 벌써 늙은이가 되었다면 좀 이르지 않을까요?"

상대방은 열심히 떠드는데 침묵을 지키고 있는 것도 예의가 아닌 것 같아 이진범이 입을 열었다.

"하고 싶은 말, 하고 싶은 일을 못하고 슬금슬금 눈치만 보며 살면 늙은이가 된 거요. 이 사장은 자신이 늙은이가 아니라고 생각해요?"

이진범이 대답을 바로 하지 않자 이성수는 소주 한 병을 더 시켰다.

"그런 의미에서라면 나야 늙은이가 되었지만, 이 교수는 하고 싶은 말을 하고 살잖아요?"

이진범이 입을 열었다.

"나는 늙은이보다 못한 늙은 창부요…… 바싹 마른 음부를, 그것도 음부라고, 미친 바보 같은 늙은 탕아들에게 벌려주는 늙은 창부요. 내 음부는 이 머리에 붙어 있어요. 여기, 바로 여기 말이오."

이성수가 자신의 머리를 손바닥으로 '탁' 하고 때리며 뇌까렸다.

연거푸 마신 소주가 자신의 몸을 달구어옴을 이진범은 느꼈다. 술의 묘한 효과에 그는 고마운 마음이 들었다.

그것은 자신이 처한 상황을 까맣게 잊어버리게 하는 망각을 가져다주었고, 그의 내부에 달콤한 자신감을 불러일으켰다.

이렇게 늘 술 취한 상태로 살 수 있다면! 안타까움이 이진범의 가슴을 파고들어왔다. 하기야 그가 살았던 과거 동안 그는 무엇엔가 늘 취해 있었다. 무엇이었을까? 이진범이 자신에게 물었다. 대학을 갓 나왔을 때는 장밋빛 꿈에, 사회에 발을 들여놓고는 경쟁심에, 사업을 시작하고는 위기의식에, 그리고 지난 1년 동안은 달콤한 여자의 나신에……. 진미숙이라는 여자의 나신에. 바로 옆에 앉아 있는 이성수의 헤어진 아내의 나신에.

"아내와는 왜 헤어졌어요?"

이진범이 취기 속에 불쑥 물었다.

"헤어진 걸 어떻게 알았지요? 내 얼굴에 그렇게 쓰여 있나요? 내가 일생 동안 한 일 중 가장 잘한 일이 있다면 그것은 아내와 헤어진 일이오."

"왜지요?"

이성수가 어떤 이유를 댈지 호기심이 생겼다. 이성수는 잠시 생각에 잠긴 듯했다.

"범죄소굴에서 벗어났기 때문이지요."

"무슨 말인가요?"

"아내의 아버지는 자기 딸에게 더러운, 지독히 더러운 범죄의 하수인 노릇을 시키고 있었어요."

이성수는 괴로운 과거를 떠올리는 듯 조금 전의 호탕한 기분과는 달리 침울해졌다.

'삐―' 하는 소리가 점퍼 주머니에 있는 휴대폰에서 들려왔다. 이진범은 이성수에게 양해를 구하고 얼른 일어나 포장마차 밖으로 나왔다. 몇 발자국 걸으면서 휴대폰을 귀로 가져갔다.

"여보세요?"

"사장님이세요? 최 이사입니다. 사장님, 큰일 났습니다."

"무슨 일이지요?"

"대하실업에서 돌린 저희 보관용 수표가 은행에서 1차 부도 났습니다."

"내가 대하실업 진 사장에게 부탁했으니 아마 내일 아침이면 회수를 할 거요. 바빠서 그랬겠지요."

"아닙니다. 황무석 이사하고 방금 통화했습니다. 진

94

사장이 회수하지 말라고 지시했답니다."

"뭐라고요? 내일 아침에 내가 진 사장하고 통화해볼게요."

전화를 끊고 난 후 이진범은 입을 딱 벌렸다. 사장이 도피 중인 상황에서 보관용 수표를 돌리면 부도가 나리라는 사실을 뻔히 알면서, 진 사장이 나하고 무슨 철천지 원수지간이라고 그런 지시를 내렸을까? 도저히 이해가 되지 않았다. 어쨌든 내일 아침까지 기다려 진 사장과 통화해 진의를 확인해보는 수밖에……. 혹시…… 혹시 진 사장이 나와 자신의 여동생 진미숙의 관계를 눈치챈 것이 아닌가? 그래서 이 기회에 나를 파멸시키려고 하는 것이 아닌가? 이진범은 온몸에 소름이 돋는 것 같았다.

진 사장의 생각이 정 그렇다면 길은 하나, 나도 지독한 악당이 되는 길밖에. 이성수가 조금 전 무슨 말을 했지? 진 회장이 딸 진미숙에게 더러운 범죄의 하수인 노릇을 시킨다고 하지 않았나? 무슨 범죄가 그토록 더러울 수 있을까? 이진범은 포장마차로 되돌아갔다.

"이 교수, 미안합니다. 회사에 급한 일이 있어서요."

이진범이 자리에 앉아 술잔을 채우며 말했다.

"뭔가 급하다는 건 축복이오. 생각할 여유를 주지 않

으니까요."

이진범은 이성수가 만취 상태에 빠진 것을 곁눈질로 확인했다. 그는 술잔을 단숨에 털어 넣고 이성수에게 권했다.

"조금 전 무슨 얘기를 했지요? 아 참, 이 교수가 이혼함으로써 범죄소굴에서 벗어났다고 했지요?"

"그래요, 이혼이 유일한 탈출구였지요."

"어떤 범죄였길래 그토록 혐오스러웠습니까?"

"세상에서 가장 더러운 범죄…… 혼자만 잘 먹고 잘살겠다고 국민의 돈을 빼돌리는 것이었지요."

"누가, 어떻게요?"

"진 회장이, 딸에게 미국 시민권을 얻게 한 후 딸 이름으로 돈을 미국으로 빼돌리고 있었어요. 아내의 은행 계정에 막대한 돈이 쌓이면서 그것이 내 숨통을 조여왔지요."

진성구가 한 짓은 아니더라도 진성구 아버지의 짓이니 같은 통속이라 할 수 있다고 이진범은 판단했다. 이성수가 취중에 한 말이 사실이라면 진성구 가족의 큰 약점을 알아낸 셈이었다.

"그리고 또 한 가지 이유가 있지요. 아마 이것이 더 중요한 이유일 거요. 아내의 부모를 파멸시키는 것이 나의 의무라는 거요. 자식으로서의 의무 말이오."

이성수가 다시 횡설수설 지껄여댔다.

"부인과 다시 결합할 의향은 없습니까?"

이진범이 슬쩍 대화를 바꾸었다.

"천만에. 나는 결혼생활에 부적합한 자요. 술에 취해
살다가 죽어야 할 운명이지요. 가족을 거느리라고 세상
에 태어나지 않은 운명인 게지요."

이성수의 넋두리가 갈수록 심해지자 이진범은 더이상
같이 앉아 있을 수가 없었다.

"자, 늦었으니 이제 나갑시다."

"이 사장 혼자 가시지요. 나는 여기서 내 동포들과 새
벽까지 술을 마실 거요. 나는 그들의 체취가 필요한 사
람이오. 살아남으려면 말이오."

"그럼 먼저 실례하겠습니다."

이진범은 셈을 치르고 포장마차 문을 열고 밖으로 나
섰다. 서늘한 밤바람이 그의 얼굴에 산뜻하게 와닿았다.
지금쯤 아내는 얼마나 걱정을 하고 있을까! 그의 가슴에
묵직한 통증이 찾아왔다.

5. 사랑과 분노 : 진성구

- 여동생과 불륜행각을 벌이는 이진범을 파멸시키기 위해 청천물산의 부도를
  유도.
- 선거란 참으로 지저분한 것이다. 그럼에도 불구하고 임명제도보다는 훨씬 우
  월한 제도다. 갈아치울 수 있다는 가능성 때문이다.
- 남자는 에너지를 잃으면 세상에 멋대로 휘둘리는데. 그 에너지는 '에로스'라
  는 엔진에서만 얻을 수 있다는 말은 전혀 허튼말이 아니다.

　권력자의 사촌동생인 우병선 회장의 지구당 창당대회
가 열리는 T시로 가기 위해 진성구 사장이 탄 차는 올림
픽대로를 달리고 있었다. 진성구는 마음이 개운치 않았
다. 새벽부터 이진범에게서 전화가 걸려왔으나 부탁 내
용이 뻔해 계속 전화를 피한 것이 아무래도 마음에 걸렸
기 때문이었다.
　공항에 도착했을 때는 진성구 차 앞으로 줄지어 있는
고급 승용차로 교통체증이 심했다. 진성구는 무료함을
달래기 위해 차에 탄 사람들이나 차에서 내리는 사람들
을 유심히 쳐다보았다. 거의 모두 재계의 거물이거나 정

치판에서 내로라하는 인사들이었다.

재계의 거물들이 보험증서를 사두듯 권력자의 친인척과 가까이하고 싶어하는 심정은 충분히 이해할 수 있었다. 그러나 한국 정치사에서 족적을 남길 만한 정치 원로들이 너나 할 것 없이 경쟁이라도 하듯 애송이 정치인의 지구당 창당대회에 참석해야 하는 현실을 진성구는 개탄하지 않을 수 없었다.

권력이란 묘한 것. 권력이 있는 곳에는 항상 사람들이 모여들고, 사람들이 모이면 권력을 국민들로부터 분리시키는 철옹성이 쳐지게 마련. 이것이 권력의 속성인가, 아니면 권력에 아부하려는 정치인의 속성인가……. 진성구는 씁쓸했다.

문득 어느 외국 원로 정치인의 말이 떠올랐다. '정치가의 능력이란 결과가 없는 지루한 회의석상에서 다른 사람보다 더 오래 앉아 있을 수 있는 능력을 의미한다.' 하기야 전혀 틀린 말은 아니었다. 더 오래 앉아 있을 수 있는 능력이란 남의 말을 듣지 않고 양보와 타협을 하지 않음을 의미하고, 양보와 타협을 하려는 사람은 험한 정치판에서 살아남지 못하게 마련이기 때문이다. 이 점에서 정치와 사업은 다를 게 없는 것 같았다.

마침내 공항 청사 문 앞에 도착한 진성구가 차에서 내

렸을 때 '진 사장' 하고 부르는 소리가 들려왔다. 그는 소리 나는 곳으로 시선을 주었다. 이틀 전부터 정식으로 연구소 소장이 된 권기수 장관이 그곳에 서 있었다.

"장관님, 아니 소장님으로 불리길 원하십니까?"

진성구가 미소 지으며 권 장관에게 다가갔다.

"아무래도 장관이 좋지."

권기수 소장이 너털웃음을 터뜨렸다.

"개각이 있으면 곧 다시 장관으로 입각하실 테니까요……."

"이왕이면 총리나 부총리로 입각하면 안 되겠어?"

권 장관이 농을 농으로 받았다. 그러나 농 속에 진의가 번득임을 진성구는 알아챘다. 권 장관의 다음 목표는 총리나 부총리 겸 경제기획원 장관이고 그 목표를 위해 연구소라는 멋진 발판을 이미 마련했다고 봐야 할 것 같았다. 특히나 권 장관의 연구소 개소식에 막강한 경호실장과 권력자의 사촌동생인 우 회장이 참석한 것만 봐도 이미 권력 핵심과 단단히 줄을 닿아놓고 있는 셈이었다.

"어디 여행이라도 가십니까?"

행선지가 뻔하지만 혹시나 하여 진성구가 물었다.

"우 회장 지구당 창당대회에."

"저도 거기 가는데 잘됐군요. 동행이 없으시면 저와

같이 앉으시지요."

"좋지."

공항 청사에 들어서자 권 장관은 두리번두리번 아는 사람을 찾아 인사하기에 바빴다. 재계의 거물들이 서성거리는 모습이 보였다. 회사에 얼마나 문제가 많으면 우회장에게 잘 보이려고 노구를 이끌고 이렇게 먼 걸음을 해야 하나, 하는 생각이 들자 진성구는 그들에게 연민마저 느껴졌다. 진성구는 탑승할 때까지 그들 사이에 섞여 시간을 보냈다.

"우 회장이 이번 보권선거에서 무난히 당선되겠지요?"

비행기가 이륙하자 진성구가 옆에 앉은 권 장관에게 물었다.

"되다마다. 문제없지. 우 회장이나 여당 수뇌부의 목표는 당선이 아니야."

"그럼 뭡니까?"

진성구가 권기수 장관, 아니 소장에게 의아해하는 시선을 주었다.

"지역구 역사상 최다 득표로 당선하는 거지. 그래야 여당 체면이 선다는 거야. 권력자 체면은 말할 것도 없고. 본인도 야심이 만만찮은 사람이고."

"본인은 무슨 야심이 있는데요?"

"당 내에서 권력 핵심으로 부상하겠다는 거겠지 뭐."

"그래도 정치 경력이 없는 사람인데 쉽게 되겠습니까?"

"정치 경력은 무슨 놈의 정치 경력. 총칼 들고 하루아침에 정권을 잡는 판인데……. 정치 경력 있으면 오히려 구 정치인, 때묻은 정치인이라고 매도만 당하지."

진성구는 마음속으로 권 장관의 말에 전적으로 동의했다.

"다음번 정권은 누가 잡을까요?"

잠시 사이를 두었다가 진성구가 허튼 질문인 줄 알면서 그냥 물어보았다. 그러나 그로서는 전혀 허튼 질문이라고만 할 수 없었다. 현 대통령이 5년 단임으로 임기를 마치면 다음번 권력자는 누가 될지, 될 수 있는 대로 빨리 감이라도 잡고 싶은 것도 사실이었다.

"한 도시의 사범학교 출신, 공고(工高) 출신, 고보(高普) 출신이 차례로 정권을 잡았으니…… 이번에는, 글쎄…… 여고(女高) 출신이 잡지 않을까?"

권 장관이 파안대소를 했고, 진성구는 씁쓰레한 미소를 지었다.

"두 김씨 중 한 사람이 될 가능성은 없습니까?"

진성구가 진지하게 물었다.

"천만에, 아직까지 우리나라에서는 군부의 지지 없이는 권력을 잡을 수가 없지."

"그럼 언제까지 군 출신이 정권을 잡을까요?"

"나도 몰라. 여하튼 김일성의 위협이 있는 이상 군이 정권을 잡을 수밖에 없어."

"학생들이 이렇게 시끄러운데도요?"

"학생들이 무슨 힘이 있어? 괜히 한때 까부는 거지."

"재야인사들은요?"

"그자들은 대부분 김일성 주체사상 신봉자야. 가만히 두니까 까부는 거지 손만 대면 하루아침에 풍비박산이 날 친구들이야."

잠시 침묵이 흘렀다.

진성구는 스튜어디스가 따라준 주스를 마시며 창밖으로 시선을 보냈다. 구름 조각 사이로 모습을 내민 조국의 산야는 간밤에 내린 비 때문인지 푸르다 못해 검푸르

게 보였다. 진성구는 시야를 창밖에 둔 채 갑자기 상체를 창 쪽으로 돌렸다. 그리고 창밖으로 보이는 땅 위의 한 곳에 시선을 집중했다. 그곳에는 마치 뽕잎 위에 놓인 길쭉한 누에고치 모양을 한 골프장이 펼쳐져 있었다.

그는 가슴이 뿌듯해왔다. 바로 저것이었다. 하늘에서 내려다본, 뽕잎 위에 놓인 18개의 누에고치. 바로 그것은 18홀의 골프장을 의미했다. 알에서 갓 나온 누에가 네 번의 잠을 자며 25일 동안 자라나 5령(齡)이 되면 고치를 짓고, 일생 동안 체중은 약 1만 배, 부피는 약 7천 배나 자란다.

골프장을 25일 동안이 아니고 25년만 두면 택지로 변모할 것이다. 누에고치 속의 번데기가 나방이 되어 교미하여 알을 낳듯이, 25년 후 골프장을 다른 곳으로 옮기면 그곳에는 주택이 들어설 것이다. 또다시 25년이 지나면 새로 옮긴 골프장이 또다시 택지로 변모하고…… 같은 일이 반복되게 마련이다.

아, 젊음이란 얼마나 좋은가! 내 나이 38세, 앞으로 25년 후면 63세, 그때도 멋지게 큰 사업을 벌이기에 늦은 나이가 아니다. 그 이후 25년, 이때는 자식에게 맡겨야지. 역시 사람은 가끔 여행을 해야 한다고 진성구는 스스로에게 다짐했다. 지상에서 그를 괴롭혀왔던 사념들이 말끔히 가시고 진성구는 그야말로 하늘을 나는 기분이 되었다.

"진 사장, 저 승무원 다리 좀 봐."

옆에 있는 권 장관이 통로를 지나가는 여승무원의 뒷모습을 턱으로 가리키며 말했다. 진성구는 달콤한 꿈에서 깨어나 고개를 돌려 여승무원의 뒷모습을 보았다.

"요새 젊은 애들은 잘빠졌어."

권 장관이 말했다.

"⋯⋯."

"다 박정희 덕이야."

"박정희 덕이라니요?"

잘빠진 여자를 박정희 덕으로 돌리는 권 장관의 논리에 어리둥절해 진성구가 물었다.

"잘 먹고 편하게 사니 여자들도 늘씬하게 잘빠지지. 역시 뭐니 뭐니 해도 경제가 제일 중요해."

권 장관이 진성구에게 강의하듯 의젓하게 말했다.

"글쎄요. 경제발전보다는 자본주의의 경쟁논리 때문이겠지요."

"그건 무슨 말이야?"

"경쟁자가 생기니까 서비스를 개선하려고 예쁘고 친절한 애들을 뽑았겠지요. 옛날 항공사가 독과점일 때 여승무원을 어떻게 뽑았는지 아십니까?"

"어땠는데?"

권 장관이 관심을 보였다.

"일반 회사와 똑같이 입사 시험을 거쳐 성적순으로 뽑았지요. 그러다 보니 여승무원이 불친절하고 몸매도 별로고……."

"글쎄 말이야. 여승무원에게 무슨 대학 교육이 필요해. 착하고 친절하고 예쁘면 되지."

권 장관이 주위 사람들 보기에 민망할 정도로 큰소리로 웃어댔다.

권 장관의 너털웃음이 가라앉자 진성구가 슬쩍 말머리를 돌렸다.

"자본주의하에서 정당한 경쟁만 확실히 존재한다면 자본가끼리 서로 경쟁하여 이기는 사람은 사회가 인정을 해주고, 또 그들이 번 돈으로 무엇을 하든 자유를 주어야 할 겁니다."

"진 사장은 미국물을 단단히 먹었구먼. 우리나라는 미국과는 달라. 동양에서 서양식 자본주의는 문제가 있어. 동양에서는 유교적 자본주의라야 하는 거지. 정부는 실업 문제가 생기면 안 되니까 기업이 문 닫지 않게 필요하면 앞장서서 도와주고, 대신 기업은 사회가 필요로 하는 일을 해야지. 너절하게 외국 상품이나 수입하지 말고 말이야. 정부와 기업은 스승과 제자, 아버지와 아들 사이 같아야 한다고나 할까?"

그래도 장관직을 몇 년 하더니, 어디서 주워들었는지 권 장관이 기업윤리론까지 들고 나오는 바람에 괜히 건드린 진성구는 본전도 못 찾은 꼴이 되어버렸다.

"장관님이 기업윤리에 관해 대단한 이론가라는 사실을 제가 미처 몰랐습니다."

"내 이론이 아니야, 이 사람아. 이성수 교수가 쓴 논문의 요점이야. 그러고 보니 내가 개발한 이론이라고 해야 하는 건데……."

권 장관은 다시 너털웃음을 터뜨리며 신문을 펼쳤다.

"우병선 회장님 파워가 괜찮지요?"

진성구가 우 회장의 영향력을 확인하기 위해 옆에서 신문을 뒤적이는 권 장관에게 물었다. 우 회장의 영향력은 진 사장의 현재 입장에서는 매우 중요한 사항이었다. 권력자와 직접 선이 닿을 수는 없는 자신의 처지를 감안해 차선책으로 우병선 회장을 택했는데, 만약 그것이 잘못 짚은 것이라면 10년 노력 도로아미타불이라고, 그의 푸른 초원에의 꿈은 보리밭보다 못한 꿈으로 전락할 것이었다.

"글쎄…… 아무래도 권력자와 자주 만나니까 파워가 있다고 봐야지. 결국 어떤 분야냐가 문제겠지."

"우 회장이 골프장 허가 한두 건은 자기 몫으로 따놓았다는 얘기가 있던데요……."

"글쎄 나도 그런 소문은 들었어."

우병선 회장의 영향력이 확인된 셈이었다. 우 회장에 건네줄 윗옷 속주머니에 있는 5천만 원짜리 통장 16개의 무게를 몸으로 느끼며 진성구는 기분이 좋아졌다.

곧 기내방송이 착륙 준비를 알려왔다. 안전띠 착용을 확인하며 지나가는 스튜어디스의 눈길이 진성구에게서 잠시 머물렀다. 그것은 그의 눈에 익은 흠모의 눈길이었다.

어쩌면 그렇게 모두가 똑같은 흠모의 눈길일까? 진성구는 자신에게 질문을 던졌다. 건강한 젊음, 막강한 재력, 출중한 외모, 높은 사회적 지위……. 자신이 생각해도 갖출 것은 빠진 것 없이 다 갖춘 남자가 자신이라고 할 수 있었다. 순진한 눈으로 본다면 그렇다는 말이었다.

진성구는 자리를 고쳐 앉고 눈을 감았다. 착륙을 하기 위해 동체에서 바퀴가 빠지는 소리가 들려왔다. 동체에서 바퀴가 빠졌듯이, 뭔지 모르게 그의 인생에서 가장 중요한 것이 빠졌다는 느낌을 떨쳐버릴 수 없었다. 무엇이 빠져 있나? 사랑…… 사랑…… 그렇다, 사랑이 빠져 있었다. 어머니와의 사랑은 어머니가 세상을 떠나면서 가지고 가셨고, 아버지와의 사랑은 부자간에 돈이 끼어들면서 견제 심리로 변질되었고, 아내와의 사랑은 사업에 그 자리를 냉큼 내주었고, 친구와의 우정은 우정이기라기보다 경쟁심에 가까워져 있었다. 그리고 이혜정과의 사랑도 며칠 전 이미 끝나고 말았다. 진성구는 사념을 떨쳐버리려고 고개를 저었다. 그러나 그의 머리는 회전을 계속했다.

그에게 남은 건 오로지 여동생 미숙에 대한 사랑이었다. 미숙이가 유부남인 이진범과 불륜관계라는 사실을 안 이후로 그것도 차차 미움으로 변색해가고 있다는 느낌이 들었다. 진성구는 치가 떨렸다. 어쩌면 자신은 사랑이 없는 인생을 살기로 운명 지어져 있는지도 모른다는 생각이 들어서였다.

'덜커덕' 하고 비행기가 활주로에 내려앉았다. 곧이어 랜딩 기어의 엔진 소리가 요란하게 들려왔다. 다시 조용해지면서 기체는 활주로 위를 서서히 움직여갔다.

비행기가 멈추었다. 승객들에게 하강 준비가 될 때까지 잠시 착석해 있으라는 기내방송이 들려왔다.

"이성수 교수가 진 사장 처남이었다면서?"

보던 신문을 접으며 권 장관이 말했다.

"2년 전 이혼했습니다."

"그 친구 안정된 생활을 하려면 가정이 필요한데, 곧 재혼할지도 모른다고 하니 믿어봐야지."

권 장관이 미숙과의 재결합을 재혼으로 잘못 이해하고 있다고 진성구는 생각했다.

"이성수 교수의 재혼 상대는 누구랍니까?"

"글쎄, 확실히 모르지만 아마 연극배우라고 하지."

진성구는 이성수의 재혼 상대에 대해 더 알고 싶었지만 권 장관도 더이상 알고 있는 것 같지는 않았다.

"이 교수, 이제 마음잡고 연구소에서 일합니까?"

그사이 이성수가 정신 좀 차렸는지 궁금한 진성구가 넌지시 물었다.

"그런대로…… 지금 이곳 T시에 여론조사차 내려와 있어. 우 회장 선거운동본부와 연구소 간에 여론조사 계약을 맺었지. 아마 지구당 창당대회 때 만날 수 있을 걸……. 어제 저녁에 술을 마시지 않았다면……."

"이 교수가 요새도 술을 많이 합니까?"

"워낙 술을 좋아해서…… 사람은 똑똑한데. 고등학교도 수석으로 졸업하고 대학도 수석으로 입학했다면서?"

"아주 우수한 친구지요. 어떻게 연구소로 데리고 왔지

요?"

"경제학 전문가도 필요하고, 야당 거물의 부탁도 있고
해서……."

잠시 후 그들은 비행기에서 내렸다. 출구로 가면서 권
장관은 예의 그 부지런함을 발휘하여 정계 거물들 틈에
끼어들었다. 진성구는 그들 일행과 떨어져 될 수 있는
대로 천천히 걸었다. 너절한 정치인들에게 굽실거리기가
무엇보다 싫어서였다. 이곳에 오면서 정치꾼 옆에서 보
낸 한 시간도 견디기 힘들었는데 더이상 같이 있으라면
신물이 날 것 같았다.

진성구는 공항 청사를 나와 회사의 T시 지점에서 보낸
차에 탔다. 움직이는 차 속에서 이상한 느낌이 진성구의
머리를 퍼뜩 스치고 갔다. 곧 결혼할지도 모른다는 이혜
정의 마지막 말과 이성수의 재혼 상대가 연극배우라는
권 장관의 말이 그 순간 그의 머릿속에서 교차되었기 때
문이었다.

진성구는 고개를 절레절레 흔들었다. 아무리 묘하

게 꼬이는 것이 세상사라 해도 이성수와 이혜정의 결합은 받아들일 수 없었다. 비록 그 둘이 여동생을 통해 여러 해 동안 친분을 유지했다 하더라도, 두 사람의 처지는 여자의 입장에서 보면 남자는 알코올 중독자에다 친한 친구의 전남편이고, 남자의 입장에서 보면 여자는 다 사분망한 여배우였다. 두 사람의 결합이란 얼토당토않았다. 진성구는 잠시 동안이나마 그런 생각을 했던 자신이 우스웠다.

그러나 이성수의 재혼 상대는 아닐지라도 혜정이 결혼할지도 모른다고 그녀가 직접 말하지 않았던가? 이혜정이 자신의 곁을 곧 떠날 거라는 생각이 들자 진성구는 뼈저린 아쉬움을 느꼈다.

이혜정과의 만남은 자신에게 기막힌 행운이었다고 그는 확신했다. 그녀와의 사랑은 분명히 그를 콘크리트 벽 속에서 끄집어내 미움이 아닌 다른 감정을 알게 해주었다. 만나기 전의 그리움, 육체와 육체의 결합이 가져다주는 뿌듯함, 헤어질 때의 아쉬움, 헤어진 후의 겸손함……. 이러한 느낌은 그녀 없이는 불가능한 것이었다. 그런 그녀가 이제는 결혼해 영원히 그의 곁을 떠날지도 모른다는 생각이 떠오르자, 진성구는 참담한 심정이었다.

"사장님, 본사의 박인태 상무님이 연락을 해달라는 전

갈을 보냈습니다."

운전기사가 말했다. 진성구는 카폰의 수화기를 들고 버튼을 눌렀다.

"박 상무 좀 바꿔줘. 나 사장이야."

잠시 후 박인태 상무가 전화를 받았다.

"박 상무님, 나요."

"아, 사장님. 급히 의논드릴 일이 있어서요. 다름이 아니라 청천물산 최 이사가 저를 찾아왔었는데요. 어제 우리 회사에서 돌린 보관용 수표를 도저히 막을 방법이 없다고 합니다. 어떡하지요?"

"도저히 불가능하대요?"

"네, 은행에는 오늘 2시까지 연기를 해놓고 백방으로 노력했으나 불가능하답니다."

"은행에서 급전이라도 돌리면 될 텐데……."

"이진범 사장이 도피 중인 걸 알고는 은행에서 일체의 변통을 거절했답니다. 오히려 융자 액수를 환수하려고 혈안이 돼 있답니다."

"그래요…… 잠시 생각해보고 5분 내로 전화할게요."

"알겠습니다."

진성구는 잠시 생각에 잠겼다. 황무석의 제안을 받아들여 자신이 지시한 일이기는 했지만 막지 못할 것을 뻔히 알면서 보관용 수표를 돌린 것은 너무했다는 생각이 들었다. 여동생 미숙과의 관계를 생각하면 당장 죽이고 싶으나 도피 중인 사람한테 그렇게까지 한다는 것이 마음에 걸렸다. 이미 이진범이 관세청 건으로 치명상을 입은 상태인데 게다가 부도로까지 밀어붙일 필요가 없다는 생각이 들었다. 진성구는 수화기를 들고 버튼을 눌렀다.

"박 상무님? 난데요. 수표를 회수하든지, 회수가 불가능하면 회사 자금으로 막아주세요."

"네, 알겠습니다. 고맙습니다."

진성구는 쓴웃음을 지었다. 박 상무가 자기 일도 아닌데 진심에서 고맙다는 말을 한 것을 보니 자신의 결정이 옳았다는 확신이 들었다.

"그리고 처제가 급히 연락을 해달라는데요."

박 상무가 덧붙였다. 박 상무가 진성구의 손윗동서이므로 처제는 바로 진성구의 아내를 뜻했다.

"왜요? 집에 무슨 일이 있나요?"

"모르겠습니다. 저한테는 아무 얘기 없었습니다."

"알았어요."

진성구는 버튼을 다시 눌렀다.

'여보세요' 하는 아내의 목소리가 들렸다.

"나요, 무슨 일이오?"

"저…… 저……."

"아이들한테 무슨 일이 생겼소?"

근래에 오락실에 드나든다고 혼내준 중학생 큰아들이 머릿속에 떠올랐다.

"그게 아니라, 아가씨 바꿔드릴게요."

잠시 후 '저예요' 하는 여동생 미숙의 목소리가 들려왔다.

"미숙아, 어쩐 일이야? 무슨 일 있어?"

"아니에요. 오빠와 상의할 일이 있어 잠깐 들렀어요."

"무슨 일인데?"

"저 지금 청천물산의 이진범 사장님 사모님과 같이 있어요."

"뭐라고?"

진성구는 숨이 막히는 것 같았다.

"이 사장님 사모님이 오빠께 부탁드릴 일이 있다고 같이 찾아뵀으면 해서 왔어요."

미숙이가 불륜관계를 맺고 있는 남자의 부인과 같이 있다니! 그것도 내 집에서! 진성구는 자신도 모르게 전화통에다 대고 소리를 꽥 질렀다.

"미숙아, 너 그 여자와 가까운 사이냐?"

"아니에요. 오늘 처음 뵀어요. 회사가 부도날 것 같

아 부득이 저한테 연락하셨대요."

"한데 어떻게 너한테 연락했어?"

"이 사장님이 저와 연락하라고 했나봐요. 이 사장님이
회사에 근무할 때 LA에 와서 만난 적이 있잖아요."

이런 파렴치한 놈을 봤나! 진성구의 가슴이 가쁜 호흡
으로 오르락내리락했다.

"미숙아, 너 미쳤냐? 당장 그 여자 데리고 나가!"

진성구가 꽥 소리를 질렀다.

"너하곤 관계없는 일이니까 상관하지 마."

진성구는 수화기를 '꽝' 하고 놓았다. 기사의 움찔하는
뒷모습이 그의 눈에 비쳤다. 도저히 용서할 수 없는 일
이었다. 아무리 회사가 부도의 위기를 맞고 있다고 해도
그렇지, 불륜관계를 맺고 있는 미숙에게 자기 마누라를
시켜 연락을 취하고, 거기다가 한 술 더 떠 내 집까지 찾
아오게 하다니…… 이런 죽일 놈이 있나! 나를 뭘로 보
길래……. 진성구는 다시 수화기를 들고 버튼을 눌렀다.

"박 상무 바꿔."

기다리는 사이 진성구는 기사에게 담배 한 대를 청했
다. 담배를 불붙여 물고 연기를 깊이 빨아들였다. 3년 만
에 처음으로 맛보는 담배연기도 치솟는 분노를 가라앉히
지는 못했다.

"박 상무입니다."

"조금 전 내가 지시한 건 취소해요. 수표를 회수하지도 말고, 막아주지도 마세요."

"사장님, 그렇지만……."

"내가 시키는 대로 하세요, 박 상무. 알아듣겠어요?"

진성구가 소리를 질렀다.

"네, 알겠습니다. 그렇게 하겠습니다."

진성구는 수화기를 던지듯 내려놓고 등받이에 몸을 기댄 채 눈을 감았다. 분노로 멍해진 상태에서 자동차 소음만 웅웅거리며 들려왔다.

세월이란 이토록 잔인한 것인가! 그렇게 순진한 여자를 뻔뻔스럽고 몰염치한 여자로 바꾸어놓다니! 진성구의 입에서 한숨이 절로 새어나왔다. 자신은 물고 물어뜯기는 험한 세상에 살기로 운명 지어졌으나 미숙만은 어린 시절의 귀여움이, 여고생 시절의 새침함이, 대학교 시절의 영민함이 세월의 흐름과 한데 합쳐져 품위 있고 고귀한 인생의 길로 이어지기를 바랐었다.

그런 그의 기대가 산산조각이 난 지금 그가 미숙에게 바라는 것은 최소한의 명예와 자존심의 회복이었다. 더 이상 타락하도록 두고 볼 수가 없었다. 서른두 살이라는 젊은 나이의 이혼녀, 아빠를 보지 못하고 자라는 아들의 눈동자를 매일 보아야 하는 엄마, 유부남과 불륜관계를 유지하는 부도덕한 여자, 이제는 한 점의 부끄러움도 없이 불륜남의 꼭두각시 노릇을 하는 여자. 진성구는 '음' 하는 신음을 꿀꺽 삼켰다. '이놈! 이진범 이놈! 너를 갈기갈기 찢어 내가 지금 받는 고통의 백배의 고통으로 돌려주겠다!' 진성구는 드디어 신음 소리까지 내었다.

"어디 불편하십니까?"

기사가 뒤돌아보며 물었다.

"아니야. 괜찮아. 창당대회 장소가 아직 먼가?"

"곧 도착할 겁니다."

진성구는 수화기를 들어 버튼을 눌렀다.

"박 상무요? 나요. 청천물산의 수표와 약속어음을 누가 가지고 있나 알아보세요. 가능하면 있는 대로 할인해주어 확보해두고요."

진성구는 답도 기다리지 않고 수화기를 내동댕이치듯 던졌다.

6. 국민의 축제 : 진성구

- 정치권의 실세인 우 회장의 지구당 창당대회.
- '컨센서스'는 제조되는 것이다. 선거라는 행사를 통해서. 그래서 민주주의는 지저분하고 혼탁한 것이다.
- '다수'가 '소수'를 이기는 것이 선거의 결과다. 그것은 동시에 '평범함'이 '뛰어남'을 이기는 것이라 할 수 있다.

진성구 사장은 차에서 내려 지구당 창당대회가 열리고 있는 건물을 올려다보았다. 어느 영화관을 빌려 창당대회를 개최하겠다는 그들의 사고방식에 그는 혀를 찼다. 자신의 처지를 잘 이해하지 못하는 것이 요즘 사람들의 특성이라면 특성이고, 평소 정치자금을 달라고 손을 내밀 때면 낯이 두꺼운 사람들이라고 생각해왔는데, 이렇게 대낮에 버젓이 영화관을 빌려 그들만의 코미디를 무대에 올리는 정치인들을 대하니 그들의 솔직하고 순진한 면이 엿보이는 것 같아 헛웃음이 나왔다.

진성구는 극장 문 쪽으로 걸어갔다. 극장 앞에 설치

된 고성능 스피커에서 흘러나오는 쩌렁쩌렁한 음악 소리
는 영화에서 본 유랑극단의 관객 모으는 장면을 연상시
켰다. 하나같이 분홍색 한복을 입은 아가씨들이 극장 문
앞 양쪽으로 늘어서 90도로 연신 허리를 굽히고 있었다.
정치에 관심이 있다기보다 담뱃값과 버스값이 걱정거리
로 보이는 사람들이 황송해하며 고개를 숙이고 아가씨들
이 도열한 사이로 슬금슬금 걸어 들어갔다.

그들은 일당 얼마짜리인가? 만 원? 2만 원? 진성구는
호기심에 찼다. 여하튼 선거는 국민의 축제라는 말이 실
감났다. 그들에게 선거는 분명히 국민의 축제였고, 담뱃
값과 버스값의 해결이었고, 점심값의 절약이었으며, 용
돈 마련의 기회였음에 틀림없었다. 진성구는 미소 지으
며 어정쩡하게 극장 안으로 들어갔다.

극장 맨 앞줄에 무대를 마주 보고 진성구는 자리를 잡
았다. 무대 뒷면을 장식한 대형 태극기 밑에 있는 연단
좌우로 안락의자 서너 개와 나무의자가 놓여 있었다. 진
성구는 뒤를 돌아다보았다. 재계 원로들이 앉아 있는 게
보였다.

남자 가수가 등장하자 아래위층을 꽉 메운 관객들,
아니 일당을 받았을 법한 관중들이 우레와 같은 박수를
보냈다. 박수가 가라앉고 '손 대면 톡 하고 터질 것만

같은 그대……' 어쩌고 하는 뽕짝풍의 음률이 극장 안을 메우자 '와' 하는 여자들의 탄성이 극장을 흔들어놓는 듯했다.

관중들이 가수의 노래에 심취해 있을 때쯤 날카로운 휘파람 소리가 관중석에서 들려왔다. 진성구는 그곳에 시선을 보냈다. 벽에 기대서서 두 손의 장지를 입속에 넣고 휘파람 소리를 내고 있는 멀대 같은 사람의 모습이 보였다. 바로 이성수 교수였다. 그는 그곳에서 관중들의 시선은 아랑곳하지 않고 휘파람을 불어젖히고 있었다.

멀리서 보아도 이미 서너 잔 걸친 듯, 무엇이 그렇게 신나는지 휘파람을 불고 중얼거리며 손뼉을 치고 팔을 들었다 놓았다 하며 무대 위에서 벌어지는 서푼짜리 쇼에 흠뻑 빠져 있었다. 하기야 정치판이 유랑극단 공연 수준을 넘지 못하는 지경이니 이곳에 모인 사람은 누구나 할 것 없이 공연을 보러 온 촌놈 행세를 하는 게 어쩌면 당연한 일인지도 몰랐다. 역시 이성수는 자신의 분수를 잘 아는 사람이라고 진성구는 감탄했다. 끝없이 계속될 것 같았던 그 지역 출신 가수들의 노래 행진이 끝나자 무대 옆에 설치된 마이크로 어떤 자가 다가서서 열변을 토해내기 시작했다. 조국의 미래니 민주화의 장정이니 국가 번영이니 하는 추상적인 말을 있는 대로 주워섬

기더니, 우병선 회장의 이력을 소개하는 차례가 되자 그의 열변은 최고조에 달했다. 진성구는 참으로 기이한 일이라고 감탄했다. 정치에 입문하는 자는 하나같이 판에 박힌 듯한 이력을 가지고 있기 때문이었다.

찢어지게 가난한 가정에서 태어나 어려서는 신동 소리를 듣고, 소년기에는 청운의 뜻을 품었고, 청년기에는 조국의 장래를 걱정하며 보냈으며, 이제는 조국의 부름을 받아 드디어 분연히 떨치고 일어나 정치의 관문을 두드린다, 등 그들 모두는 민족의 위대한 지도자감으로 아무런 손색이 없어 보였다.

우병선 회장의 경우, 조국의 장래를 염려하여, 조국을 일으키기 위해서는 무엇보다 영재 교육이 요구된다는 것을 일찍이 깨달으시고 교육계에 투신하여……로 그의 이력이 소개되고 있었다. 어떻게 보면 전혀 거짓말이라고는 할 수 없었다. 우 회장이 고등학교 선생 노릇을 하였으므로 교육계에 투신했다는 것은 사실이었다. 그러나 그것을 꼭 조국의 장래를 염려하여, 조국을 일으키기 위해서라고 말하는 것은 아무래도 과장된 느낌이 들었다.

곧이어 꽹과리 소리가 울리면서 입구 쪽에서 한 무리의 사람들이 들어오기 시작했다. '우병선 위원장님이 들어오십니다'라는 사회자의 말에 미리 준비해두었던 피켓

이 극장이 떠나갈 듯한 함성 속에 올라갔다. '엇샤, 엇샤' 소리 지르는 선두 그룹 뒤로 우 회장이 두 손을 번쩍 들며 환한 미소를 띠고 극장 내에 들어섰다. 유랑극단 공연장은 순식간에 권투 시합장으로 변해가는 것 같았다.

시합을 할 주전 선수인 우 회장을 인도하는 선두 그룹이 진성구가 앉아 있는 곳 옆을 지나는 순간 진성구는 다시 한 번 놀랐다. 이성수가 선두 그룹에 끼어 덩실덩실 어깨춤을 추며 걸어나오고 있었다. 타고난 광대란 따로 있는 것이 아니라, 바로 이성수같이 머리 좋은 친구가 술로 살짝 돌면 바로 광대가 되는 것이란 생각이 들었다. 관중의 환호에 기뻐하는 광대의 순박함이라고 할까, 세 번째 줄을 타는 광대의 서글픔이라고 할까! 뭔지 모르겠으나 이성수의 그 모습이 그를 미소 짓게 했다. 여동생 미숙이가 이성수와 결혼생활을 계속 유지했더라면 그런대로 괜찮은 한 쌍의 부부가 될 수 있었을 터인데, 하는 아쉬움을 느꼈다.

이성수는 진성구를 발견하고는 찡긋 윙크를 보냈다. 마냥 신나기만 한 모습이었다. 우 회장이 만장의 박수를 받으며 무대로 올라섰다.

잠시 후 이성수가 진성구 옆자리에 가쁜 숨을 내쉬며 털썩 주저앉았다.

"아주 신이 났구나."

진성구가 비꼬아주었다.

"민주주의의 축제야. 신이 날 수밖에."

술냄새가 물씬 풍겨왔다.

"교수라는 자가 꼴 좋다. 술만 마시고 정치꾼들하고 놀기만 하면 여론조사는 언제 해? 연구소에서 여론조사 하러 보냈다면서……."

"여론조사? 여론조사 좋아하네. 여론조사는 이미 끝났어."

"결과가 어떤데?"

"우 회장이 선거구민 20만 명에 40억을 쓰게 돼 있어. 한 표당 2만 원씩 돌아가니 최소한 10만 명은 우 회장을 찍게 돼 있지."

지난밤의 과한 술 때문인지 허연 마른침을 연신 삼키며 이성수가 자못 진지한 체했다.

"이 교수, 민주주의의 축제를 그렇게 비하해도 되는 거야?"

"이건 민주주의의 축제가 아니야. 민주주의의 살육이지."

이성수가 혼잣말처럼 중얼거렸다.

"사람들한테 남아 있는 마지막 자존심마저 말살시키는

살육이야."

이성수가 다시 말했다.

창당대회는 국기에 대한 경례, 순국선열에 대한 묵념 순으로 진행되었다. 찬조연설 차례가 되자 여당 소속 중진 국회의원이 등장했다. 그는 온갖 미사여구를 동원해 우 회장을 치켜세우기 시작했다.

"우병선 위원장 같은 출중한 인물이 있다는 것은 작금의 혼탁한 정치·경제 상황에서……."

찬조 연설자가 열을 올려댔다.

"민주주의란 근본적으로 지저분하고 혼탁한 거야, 이 바보야."

옆에 앉은 이성수가 중얼댔다. 진성구는 듣기만 했다.

"정치를 하는 사람은 정치인이 되기 전 훌륭한 인간이 되어야 하는바……."

찬조 연설자가 계속해서 떠들어댔다.

"훌륭한 인간은 좋은 정치인이 될 수 없어, 이 멍청아."

이성수가 계속 중얼댔다.

"강인하고 청렴하신 우병선 위원장은······."

스피커에서 나오는 소리가 장내에 쩡쩡 울려퍼졌다.

"청렴하다고? 이번 보궐선거에서 저 친구 정치자금으로 최소한 60억은 받아 40억 쓰고는 20억은 '꿀꺽' 하게 돼 있어."

이성수가 조금 큰소리로 말했다.

"이 교수, 말조심해. 알지도 못하면서 그따위 소리를 지껄이면 어떡해? 명색이 교수라는 자가······."

진성구는 타이르듯 말했다.

"뭐 그럼 내가 거짓말했단 말이야? 더 정확한 통계를 댈까? 이곳 식장 안에 서울에서 온 사업가가 줄잡아 30명은 돼. 여기까지 올 정도면 최소한 1억은 내놓을 사람들이지. 나머지 30억은 재벌 그룹 열 개 회사에서 3억씩 내놓게 돼 있어."

진성구는 이성수의 말을 못 들은 척 아무 대꾸도 하지 않았다. 별로 대꾸할 것도 없었다. 사실인데야 할 말이 없지 않은가, 하고 진성구는 생각했다.

"선거란 참 묘한 거야. 모든 사회악을 합법화하는 힘을 가지고 있어. 권력 측근에게는 축재의 수단, 야당 측에게는 공갈의 수단, 장사꾼에게는 뇌물 공여의 수단 등

모든 수단을 합법화하지."

"좋은 점도 있을 거야. 좋은 머리로 잘 생각해봐."

진성구가 비꼬아주었다.

"있지, 있고말고. 인쇄업자와 주류 판매업자에게는 호황을 가져다주지……."

그때 이날의 주인공인 우병선 회장이 우레 같은 박수를 받으며 단상 앞으로 다가섰다. 그는 사자후를 토하기 시작했다.

"친애하는 지역구민 여러분, 불초소생이 여러분의 성원으로……."

"저 친구 연설 솜씨가 어떤지 한번 볼까?"

우 회장의 위원장 수락연설이 시작되자 이성수가 한마디 거들었다. 이성수는 우 회장의 연설을 경청하듯 한참 동안 단상을 응시하고 있었다.

"제가 어려서 여러분 곁을 떠날 때 흘린 눈물을 저는 또렷이 기억하고 있습니다. 어찌 그때 제가 흘린 눈물을 잊을 수 있겠습니까?"

우 회장이 감상 어린 목소리로 말했다.

"하나…… 둘……."

옆에 앉은 이성수가 소리 내어 단락을 세었다.

"자유당 정권의 박해로……."

"너무 빨라, 너무 빨라. 한 박자 더 쉬어야 하는 건데."

이성수가 장난기 섞인 목소리로 중얼댔다.

"아버님께서 직장을 잃으시고……."

우 회장의 연설은 계속되었다.

"여러분이 못난 저에게 기회를 주신다면 저는……."

"쳐야지, 지금 쳐야지."

이성수가 불끈 쥔 주먹을 허공에 올렸다.

"목숨을 바쳐……."

순간 '꽝' 하고 우 회장이 단상을 주먹으로 내려쳤다.

"너무 늦었어, 너무 늦었어."

이성수는 중얼댔고, 진 사장은 웃음을 참았다.

"이 교수, 네가 우 회장 연설문 썼구나."

진성구가 이성수를 쳐다보았다.

"술값이 없어서 써주었지."

주저주저하다가 이성수가 인정을 했다.

"이런 미친놈……."

"진 사장, 지금 세상은 미치지 않으면 총칼 앞에 가슴을 갖다대야 하는 무서운 세상이야. 나는 그럴 용기가 없어. 그냥 편하게 미쳐 사는 거지."

진성구는 끝없이 이어지는 우 회장의 연설을 지루하게

듣고 있었다.

우 회장의 수락연설이 막바지에 왔을 무렵 누군가 진 사장을 불렀다. 진성구가 돌아보자 거기에는 권기수 장관의 비서가 서 있었다.

"진 사장님, 장관님께서 잠깐 뵈었으면 합니다."

비서가 허리를 굽혀 귓속말을 했다.

"어디 계신데요?"

"길 건너편 지역구 당사에 계십니다."

"알았어요. 곧 그리 갈게요."

어지간히 급한 일이 아니면 식이 진행되는 도중 권 장관이 자기를 부를 리 없었다. 혹시나 정치헌금을 대신 내달라는 건가? 진성구는 은근히 불안하면서도 짜증이 났다.

"이 교수, 너 재혼한다면서?"

느닷없는 진성구의 질문에 이성수가 깜짝 놀라는 표정을 지었다.

"누구한테서 들었어?"

"내려오는 도중에 만난 권 장관이 그러던데."

"아직 확실한 건 아니야."

이성수는 처음으로 풀이 죽은 태도를 보였다.

"미숙이와의 재결합은 포기한 거야?"

잠시 동안 이성수가 침묵만 지켰다.

"내가 진호를 데려와야 할 것 같아."

이성수의 말에 진성구가 의아해하는 시선을 주었다.

"아무래도 미숙이의 앞날에 진호가 굴레가 될 것 같아서……."

이성수가 덧붙였다.

"미숙이를 해방시켜주려고?"

진성구가 빈정거리듯 말했다.

"나하고 미숙이는 맞지 않아. 나한테는 나와 비슷한 광대가 필요해."

"내가 아는 여자야?"

"결정되면 알려줄게. 지금은 내가 프러포즈했고, 여자는 심사숙고 중인 상태야."

"연극배우라면서?"

"나 먼저 가봐야겠어."

이성수는 대답을 하지 않고 자리에서 일어나 복도 쪽으로 걸어나갔다.

역시 그가 두려워했던 추측이 맞는 것 같았다. 진성구는 가슴이 답답해왔다. 두 사람의 결합이 얼토당토않은 일이라고 생각했었지만 지금 이성수의 반응을 보니 확실히 혜정이 그의 결혼 상대가 맞는 것 같았다. 혜정이를,

다른 사람도 아니고 여동생의 전남편에게 빼앗겨? 안 되지, 절대 안 되지. 그것만큼은 안 되지. 진성구는 속으로 중얼거리며 자리에서 일어났다.

"지역구 발전을 위하여 일할 수 있는 능력과 여건이 마련된 사람을 국회로 내보내야……."

우 회장의 연설이 대미를 장식하려는 순간 '웩' 하는 소리가 났다. 뒤돌아보니 이성수가 복도 바닥에다가 미친 듯이 토하고 있었다. 진성구는 이성수에게 측은한 시선을 보냈다.

그때 극장에서는 두 사람이 토하고 있었다. 한 사람은 거짓말을, 또 한 사람은 위 속의 음식 찌꺼기를. 진성구는 그곳에 잠시도 더 머물고 싶지 않았다.

진성구는 극장을 나와 큰길을 건넜다. 곧 우 회장의 지역구 당사가 있는 2층 건물에 들어섰다. 건물의 층계를 올라가며 벽면을 채운 여러 종류의 선거 포스터에 진성구의 시선이 갔다. 마음씨 좋은 복덕방 아저씨가 헤픈 미소를 짓고 있는 듯했다. 2층 사무실 문을 열고 들어서자 기름기가 번지르르한 얼굴의 중년 남자들이 진을 치고 있었다. 선거철이 되면 한몫 잡으려고 벼르는 철새들이 틀림없었다.

진성구가 신분을 밝히자 여직원이 기다렸다는 듯이 뒤쪽 위원장실 문을 열어주며 들어가시라고 했다. 위원장실에 들어서자 웅성거림이 뚝 끊기더니 그곳에 모인 다섯 사람의 시선이 모두 그에게로 집중되었다.

"안녕하십니까?"

그곳에 있는 특별한 누군가에게라기보다 소파에 둘러앉아 있는 모두에게 진성구는 인사를 했다. 권 장관 양옆에는 안면이 없는 네 사람이 앉아 있었다.

"진 사장, 여기 앉으시오. 지구당 창당대회는 잘 진행되고 있지요?"

권 장관, 아니 연구소 소장이 자리를 가리키며 말했다.

"네, 우 회장님 연설 솜씨가 그렇게 좋은 줄 몰랐습니다. 언제 대중연설 전문가가 되셨는지……."

진성구가 자리에 앉으며 말했다.

"우리 연구소 이성수 교수가 고생깨나 했지. 칠판 앞에서 아이들 가르치는 스타일에서 대중 상대 정치 연설가 스타일로 바꾸는 데 우 회장께서도 진땀깨나 흘렸고……."

권 장관이 말했다. 한바탕 웃음이 터져나왔다. 웃음이 가라앉자 권 장관이 그곳에 있는 사람들을 진성구에게 소개시켜주기 시작했다.

"진 사장, 인사드리지. 이분은 T시 시장이고, 이분은 시경국장, 이분은 T시 지청장, 이분은…… 이분은……."

권 장관이 마지막 한 사람을 소개시켜주다 머뭇거렸다.

"저는 안기부 T시 분실 분실장으로 있는 사람입니다."

그 사람이 직접 자기소개를 하였다.

진성구는 그곳에 있는 사람들과 악수를 나누었다. 잠시 침묵이 흘렀다.

"백운직물의 백인홍 사장 아시지요?"

안기부 T시 분실 분실장이 다짜고짜 물었다.

"네, 저희 회사의 하청업체 사장입니다."

"청천물산의 이진범 사장은요?"

"마찬가지로 저희 회사의 하청업체 사장으로 알고 있습니다."

"권혁배 의원하고는 잘 아시는 사이입니까?"

"저하고 S대 최고경영자 코스 동기생이라 가끔 만났습니다."

진성구는 무슨 영문인지 몰라 얼떨떨해하며, 침묵을 지키고 있는 다른 사람들을 둘러보았다. 권 장관이 자리를 고쳐 앉으며 입을 열었다.

"진 사장, 우 회장 지역구 야당 후보인 정인화가 운동권 학생 출신으로 권혁배 의원의 추종자라는 걸 알고 있소?"

"금시초문인데요."

"백인홍과 이진범이 권혁배 의원을 통해 이 지역 야당 후보에게 불법적인 선거자금을 대주고 있다는 사실을 아십니까?"

분실장이 진성구의 눈을 응시하며 물어왔다.

"그런 사실은 모릅니다……. 이 사장이나 백 사장이나 선거자금을 댈 여력이 없을 텐데요……."

"물론 큰돈은 아닙니다마는…… 그런 증거가 포착되었습니다."

"진 사장, 진 사장이 권혁배 의원에게 자금을 대진 않았겠지?"

권 장관이 끼어들었다.

"그런 적도 없고, 그럴 이유도 없습니다."

가끔 돈 봉투를 전해준 적은 있으나 큰 액수가 아니었으므로 진성구는 단호하게 말했다.

"권 의원 지역구에 공장을 건축하기로 하셨다면서요?"

"처음에는 그러기로 했다가 바꿨습니다."

"이유는?"

"경제 여건상 맞지 않아서 그렇게 결정했습니다."

다시 침묵이 흘렀다. 침묵을 깬 것은 입을 다물고 있던 시경국장이었다.

"백인홍이 지금 이진범 회사와 관련된 공무원 뇌물공여죄로 수사를 받고 있고, 이진범은 도피 중입니다. 혹시 이진범이 있을 만한 곳으로 짚이시는 데라도 있습니까?"

"전혀 없습니다. 거의 모르는 사이입니다."

다시 침묵이 흘렀다.

"이진범이 권 의원에게 자금을 주었다는 증거라도 있습니까?"

진성구가 물었다.

"이진범이 관세 포탈로 법망에 걸렸을 때 권 의원이 앞장서서 관세청장에게 사건 무마를 부탁했다는 거야."

권 장관이 끼어들었다.

"잘 알겠습니다. 여하튼 권 의원에게 자금이 흘러가지 않도록 각별히 신경을 써주십시오. 어디서 자금이 흘러들어왔는지, 이 지역 야당 후보는 막대한 자금을 확보하고 있어요."

분실장이 말했다.

"벌써 4억이 넘는다는 거야."

실장의 말에 권 장관이 덧붙였다. 4억? 우 회장의 선거자금에 비하면 새발의 피인 셈인데, 그것도 겁이 나서하던 일 다 팽개치고 이곳에 쭈그리고 앉아 음모를 꾸미고 있다니! 진성구의 눈에는 그곳에 모인 사람들이 한심하다 못해 불쌍하게 보였다.

"그럼 가보시지요. 시간을 뺏어서 미안합니다. 여러모로 잘 부탁드리겠습니다."

분실장이 권 장관을 포함해 그곳에 있는 사람들의 좌상(座上)인 것처럼 진성구에게 손을 내밀며 말했다.

진성구는 위원장실을 나왔다. 지구당사를 나서기 전선거 사무실 사무장과 옆방에서 단둘이 만나 창당대회후 우 회장과의 약속을 부탁했다. 사무장은 이유를 뻔히알겠다는 듯 금세 S호텔로 시간과 장소를 정해주었다.

"사장님, 회사에 혹시 접대비 좀 남은 게 있습니까?"

일어서는 진성구에게 사무장이 머리를 긁적거리며 의뭉스럽게 물었다.

"무슨 일인데요?"

"당원 단합대회 경비 영수증을 받아놓은 게 있어서요."

"가지고 오세요. 우리가 도와드릴 수 있는 게 그런 일밖에 뭐가 있겠어요?"

기분이 좀 상했지만 진성구는 그렇게 얘기할 수밖에 없었다. 사무장이 가지고 온 영수증 봉투를 진성구가 받아 주머니에 넣었다.

"회사에서 지불하신 후 영수증은 접대비 세무 처리에 쓰시면 됩니다."

사무장이 오히려 생색을 내는 듯이 덧붙였다.

진성구는 지구당사를 나와 길 건너 창당대회가 열리는 극장으로 들어섰다. 그리고는 사무장이 준 봉투를 꺼내 영수증 액수를 살폈다. 일금 백만 원이 넘는 영수증이 석 장……. 이런 놈들한테까지 바보 취급을 받다니! 진성구의 얼굴이 가슴속에 끓어오르는 분노로 붉어졌다.

창당대회가 끝마무리를 하는지 식장 내에서 만세 소리가 우렁차게 들려왔다. 진성구는 식장에 들어가지 않고 화장실로 들어갔다. 볼일을 보는데 누군가 옆 소변기로 다가섰다. '진 사장님' 하고 나직이 부르는 소리에 옆으로 고개를 돌렸다.

거기엔 텁수룩한 머리에 허름한 옷을 걸치고 검은색 선글라스를 낀 사람이 있었다. 그가 선글라스를 벗고 나서도 잠시 시간이 흐른 후에야 이진범 사장임을 알아보았다.

"진 사장님, 이진범입니다. 청천물산……."

"어쩐 일로……."

"피해 다니는 몸입니다. 자초지종은 나중에 설명드리도록 하고 긴히 부탁드릴 일이 있어서요."

그 순간 누군가 화장실로 걸어 들어오는 소리가 들렸다. 그가 안쪽으로 들어가자 이진범이 소곤거렸다.

"저희 회사가 오늘 2시까지 진 사장님 회사에서 보관 중인 회사 수표를 막지 못하면 부도가 나게 되었습니다."

"그래서요?"

"수표를 회수하시든지 막아주십시오. 평생 은혜를 잊지 않겠습니다."

"박 상무 소관이라 나는 모르는 일인데……."

"원래가 하청 선수금에 대한 견질용 수표입니다. 죽는 한이 있어도 진 사장님 은혜를 잊지 않겠습니다."

"알아보지요."

"시간이 없습니다. 기본적으로 회사 재정은 무난합니다. 박 상무에게 전화로 지시해주십시오. 사람 목숨 살려주시는 셈치고 도와주십시오."

이진범이 애원했다. 그 순간 떼 지어 사람들이 화장실로 들어왔다.

"진 사장, 우 회장 연설 솜씨 어땠어?"

누군가 뒤에서 진성구에게 물었다.

"극장 옆 골목에 있는 '길' 다방에서 기다리고 있겠습니다. 잠시만 시간을 내주십시오."

이진범이 빠르게 속삭이고 화장실을 빠져나갔다.

"박 회장님, 언제 오셨습니까?"

재계의 거물에게 진성구가 인사했다.

"어제 저녁에. ……지구당 현판식에 참석해야지?"

"네, 그래야지요. 먼저 가보겠습니다."

진성구는 화장실을 나와 극장 밖으로 나섰다. 대기하고 있던 회사 차에 올라타면서 'S호텔로 가'라고 기사에게 말한 후 눈을 감았다.

'이진범이 부도를 내든 말든 내가 상관할 바가 아니다. 감옥에 갇혀 나오지 말아야 할 놈이 그놈이다. 비록 내가 고의적으로 이진범의 부도를 유발했다 해도, 그놈이 미숙이에게 한 짓을 생각하면 그보다 몇 백 배 더한 짓도 할 수 있다.' 진성구는 속으로 중얼거렸다.

7. 인간 개조 : 이성수/백인홍

- 심문실에서의 치욕스런 경험으로 다시 태어나는 백인홍.
- 똑같은 유전자라도 환경과 시대에 따라서 영웅과 탕아를 달리 생산한다. 영웅과 탕아는 따지고 보면 종이 한 장 차이다.
- '복수는 내 것이다. 나는 꼭 갚겠다.' 복수를 하지 말라는 인간을 향한 신의 말이라고 하지만, 복수심은 인간에게 놀라운 활력소 역할을 하기도 한다.

"너희들, 배웠다는 놈들이 정말 이래도 되는 거야?"

이성수 교수가 전화통에다 대고 소리를 질렀다.

"야, 마 시끄럽다. 이제 좀 조용히 해라."

서울지검의 한희석 부장검사가 조용조용히 말했다.

"아니, 너희들 도대체 어떻게 된 거야? 그래도 율사라는 작자들이 법은 지킬 생각도 안 하는 거야?"

이성수의 고함소리가 또다시 전화선을 타고 왔다. 고등학교 1학년 때 한 검사가 부산에서 전학을 온 이후로 매우 가깝게 지내온 동창생끼리, 졸업과 동시 법대와 상대로 갈라졌을 뿐 같은 대학을 다녔던 두 남자 사이에서, 그것도 아침나절 서울지검 부장검사실과 T시에 있는 호텔방 사이에 오고 가는 대화로는 여러모로 이치에 맞지 않았다.

"미국식대로 하면 불 놈이 어데 있노? 우리가 어데 고문을 하나, 뭐하나?"

잠시 사이를 두었다가 한 부장검사가 짜증스러워하며 전화통에다 대고 말했다.

"아니, 그럼 전기고문이나 물고문만 하지 않으면 멋대로 해도 된다는 말이야? 너희들도 마누라가 있잖아? 지금 백인홍 사장 부인이 어떤 상탠 줄 알아? 조금 전 나한테 전화할 때는 거의 제정신이 아니었어. 집에는 연락도 안 해주고 24시간 행방불명이야. 너희들이 잡아놓고 조지고 있잖아. 이래도 법치국가라고 할 수 있어?"

이성수가 한 검사에게 따지고 들었다.

"백인홍이가 공무원에게 뇌물을 줬다고 수사관들이 임의동행을 해온 긴데…… 우째 우리들이 하는 거가? 수사관들이 하는 짓이지……."

한 검사가 어물어물 말했다.

"너 정말 이런 식으로 나오기야? 수사관들이 어떤 짓을 하는지 뻔히 알면서 아래층에 앉아서 눈을 딱 감고 모른 체하는 너희들이 더 나빠."

"좀 조용히 해라. 내가 지금 직원한테 알아보라고 할 기다. 이 교수하고 백인홍이 어떤 사이고?"

"백인홍이 내 제일 친한 고향 친구야."

"곧 전화해주마. 전화번호나 알려주거라."

이성수는 투숙하고 있는 T시의 호텔 전화번호를 알려주고 전화를 끊었다.

한 검사가 백인홍 건을 알아보는 동안 이성수는 생각에 잠겼다. 곰곰이 생각해보니 화를 낸 자신이 오히려 쑥스러워졌다. 이치에 맞는 것이라고는 눈을 까뒤집고 찾으려 해도 찾기 어려운 시대에 일어난 일이니, 사실인즉 누구를 탓할 형편이 되지 못했다. 도대체 국가를 통치하겠다고 나선 대통령 후보들이 선거가 끝난 후 선거 비용 사용 신고서에 실제 사용금액의 1할 정도만 기입하고도 눈썹 하나 까딱하지 않는 세상이니 더 말할 필요조차 없었다.

대부분의 정치인들은 정치자금을 마련하느라 알게 모르게 고차원적인 공갈범이 되어 있고, 장사꾼들은 살아남으려면 탈세를 밥 먹듯 해야 하고, 공무원들은 서울에서 아이들 공부시키고 아파트 생활하려면 듣기 좋은 말로 촌지에 의존하지 않을 수 없는 형편이었다.

여기에 해당되지 않는 대부분의 사람들은 생활고에 쪼

들려 악에 받쳐 있게 마련. 그러니 기회만 주어지면 정부를 전복해서라도 거들먹거리는 모든 사람들을 싹쓸이하고 싶은 마음이 굴뚝같을 것이 뻔하니…… 결과적으로 그들 모두가 은연중에 국가전복 음모죄를 짓고 있다고 할 수 있었다.

한마디로 사회 전체가 거대한 감옥이라고나 할까? 여하튼 불가사의한 시대에 서로 이해하지 못할 철학을 가진 사람들이 한 집단을 이루어, 그래도 배달민족의 긍지를 내세우며 선진국 진입이다, 문화 법치국가 건설이다, 하고 떠들어대고 있으니 웃어넘겨야 좋을지 울어버려야 좋을지, 그는 얼른 판단이 서지 않았다. 이성수는 한숨을 내쉬었다.

'따르릉' 하고 전화벨이 울렸다. 이성수가 얼른 수화기를 들자 한희석 검사의 목소리가 들려왔다.

"백인홍 사장을 조금 전 내보냈다 카네. 곧 집에 들어갈 끼다. 걱정 마라."

"여하튼 고맙다. 네가 한 짓도 아닌데 너한테 화낸 것도 미안하고."

"괘안타. 그럼 서울 와서 한번 연락해라. 소주라도 한잔하재."

"내가 워낙 무식해서 그러니 한 가지 물어보자."

"······."

"영장도 없이 사람 잡아다놓을 수는 있는 거냐?"

"검사가 수사를 위해 긴급 구속영장을 떼면 48시간 구속할 수 있게 돼 있는 기라."

"이건 임의동행 아니야?"

"긴급구속을 원용해 현재 48시간 구금하는 기다."

"아니, 그럼 왜 가족한테는 연락도 안 해줘. 그 친구 부인이 나한테 전화를 해 남편이 죽었는지 살았는지 모른다며 울고불고 야단이었어."

"집에 연락해달라 카면 수사관이 해줄 낀데······ 증거인멸의 위험이 있으면 몰라도······."

한 검사가 자신 없는 목소리로 말했다.

"임의동행 형식으로 잡아와서 조지는 거 아니야?"

"그 얘긴 이자 고만 하자. 우예 내가 맘대로 하는 기가?"

"알았다. 연락하마."

이성수는 전화를 끊자마자 백인홍 집으로 전화를 걸었다. 백인홍의 부인에게 희소식을 전하기 위해서였다.

덕수궁 옆에 있는 검찰청사의 정문을 걸어나오던 백인홍은 아침 햇살에 눈이 부신 듯 한 곳에 서서 두 손으로 눈을 비비고 있었다. 잠시 후 눈에서 손을 떼 햇살을 가리고 주위를 두리번거렸다. 지나가는 행인이 그를 힐끗 보고 걸음을 빨리해 지나쳤다. 어깨를 축 늘어뜨리고 주위를 두리번거리며 몇 발자국 걷던 백인홍은 움찔했다. 상점 앞으로 바짝 다가가 유리창에 비친 자신의 모습을 다시 자세히 보았다.

텁수룩한 머리, 수염투성이의 얼굴과 푹 꺼진 눈자위, 넥타이를 매지 않은 꾸깃꾸깃한 셔츠…… 병원에서 탈출한 마약 중독자든지 그렇지 않으면 며칠 밤을 길에서 지낸 노숙자로밖에 보이지 않았다. 그는 주머니를 뒤져 손목시계를 찾아 차고 넥타이를 꺼내 맸다. 머리를 손으로 매만지고, 허리를 펴고, 어깨를 뒤로 젖혔다. 순간 우지끈 온몸이 쑤셔왔다. 이렇게 쉽게 무너지면 안 되지, 이렇게 허무하게 주저앉으면 안 되지, 하고 자신에게 다짐하며 발길을 옮겼다.

양지바른 곳을 걸으면서 백인홍은 손목시계를 보았다. 12일 금요일 9시 20분. 목요일 아침 10시경 회사에서 검찰청으로 끌려가 15층 심문실에 갇힌 후 거의 23시간이나 지났다. 그는 얼굴을 하늘로 향했다. 내리쬐는 햇볕이 그의 얼굴에 포근하게 와닿았다. 언제부터인가 햇볕의 고마움을 잊어버리고 햇볕을 피해 다닌 것만 같았다.

언제부터였나? 백인홍은 자신에게 질문을 던졌다. 아버지가 유산으로 남긴 백운직물 사장직을 맡고서부터였음에 틀림없었다. 이제부터는 다시 햇볕을 찾아야지, 이제부터는 내 몫의 햇볕은 반드시 찾아 챙겨야지, 하고 백인홍은 다짐했다.

요란한 도시의 소음이 그의 머릿속을 더욱 복잡하게 만들었다. 덕수궁 로터리를 마주 보고 있는 자신을 발견했다. 귀청을 찢을 듯한 도시의 소음, 도시의 분주함, 그리고 사람들의 밀집…… 이 모든 것으로부터 탈출하고 싶었다. 그는 얼른 매표소에서 입장권을 사 서둘러 덕수궁 안으로 들어섰다. 그곳 역시 도시의 소음으로부터 벗어나게 하지는 못했으나 도시의 분주함은 피할 수 있었다.

그는 '후' 하고 안도의 숨을 내쉬었다. 세 평 남짓한 심문실은 자신과 수사관 두 사람이 탁자를 사이에 두고 있기에는 너무 비좁아 숨이 막힐 정도였고, 거의 24시간 동안 똑같은 얼굴들을 대하고 있기에는 너무 지루한 시간이었다. 비록 세 사람의 수사관이 번갈아 들어와, 달래고 협박하고 손찌검하고 하는 서로 다른 역할을 각자가 멋지게 해냈지만 그들은 모두가 똑같은 얼굴을 하고 있었다. 그들은 한결같이 매서운 눈길을 조금도 흐트러

뜨리지 않으면서도 입 언저리에 미소를 띨 수 있는 묘한
재주를 가지고 있었다.

　백인홍은 덕수궁 경내를 천천히 걸었다. 어느 순간 자
신도 모르게 이마에 손이 갔다. 이마 위를 손가락으로
더듬어보았다. 어떤 혹도 잡히지 않는 것이 매우 신기했
다. 엄지와 장지를 모았다가 '톡' 하고 그의 이마에 튕기
기를 좋아했던 한 수사관의 모습이 눈앞에 아른거렸다.
백인홍은 그곳을 빠져나오기 전 알아두었던 그 수사관의
이름을 입속에서 되뇌었다. 박수근…… 박수근. 어디서
연마한 수법인지는 모르지만 박수근 수사관의 특이한 방
법은 다른 어떤 방법보다 더 큰 효과가 있었다. 이마에
박 수사관의 장지 끝이 튕겨질 때마다 그의 몸은 점점
줄어드는 것 같았고, 그는 선생님 앞에서 꾸지람을 듣는
심정이 되어갔다. 잘못했으니 어떤 벌이라도 달게 받겠
다는 순진함과 무엇이든 시키는 대로 하겠다는 복종심이
멋지게 어울려 그를 순한 양으로 바꾸어놓았음에 틀림
없었다. 그리하여 이진범에게 '도망가!'라고 소리 지르던

처음의 기백은 온데간데없이 말끔히 사라져버리고 시간
이 지남에 따라 박 수사관이 시키는 대로 자술서를 쓰고
박 수사관이 묻는 말에 고분고분 사실대로 답했다.

그런데 이마에 있어야 할 혹이 만져지지 않는 것이 이
해가 되지 않았다. 전문가의 수법 덕인가? 아니면 그 혹
이 머릿속에 깊숙이 숨겨져 있는 것인가?

그의 앞에 조그마한 분수가 나타났다. 그는 분수 옆에
있는 벤치에 털썩 주저앉았다. 분수대 위에 모여 있는
한 무리의 참새떼가 그의 눈에 비쳤다. 몹시 다정스럽게
보였다. 순간 걱정으로 꼬박 밤을 지새웠을 아내의 모습
이 눈앞에 아른거렸다.

조그마한 심문실에 앉아 어떻게 하면 빨리 잘 수 있을
까만 궁리하던 파렴치한 나의 모습, 박 수사관이 시키는
대로, 비록 그것이 사실이 아니더라도, 조서를 쓰는 나
의 비겁한 모습을 아내와 아이들이 보았다면 나를 어떻
게 생각할까? 하는 자괴감이 그의 가슴을 파고들었다.
도대체 내가 믿음직한 남편인가? 내가 존경받을 만한 아
버지인가? 아니다. 나는 아무것도 아니다. 만 하루 만에
비참하게 허물어진 것이 바로 나란 인간이다.

생각이 여기에까지 이르렀을 때 백인홍은 머리를 양손
으로 움켜쥐고 앉은 자리에서 고개를 푹 수그렸다. 아무

리 잊으려고 해도 그의 머릿속에서 떠나지 않는 것이 있었다. 심문실에서의 마지막 심문 장면이 옛날 무성영화 필름 돌아가듯 찍찍 소리를 내며 그의 머릿속에서 되살아나고 있었다. 그는 그것이 영원히 끊어지지 않고, 영원히 자신의 머릿속에서 반복되는 필름이 될지 모른다는 두려움에 사로잡혔다.

"너 이 새끼, 지독한 악질이구나."

박 수사관과 또 한 사람의 수사관에게 끌려 탁자 앞에 꿇어앉혀진 후 그에게 첫 번째로 던져진 말이었다. 백인홍은 수사관들의 몰매에 몸이 욱신거렸으나, 조금 전 이진범에게 '무조건 튀어'라고 소리친 후 웃어젖혔던 너털웃음의 흔적을 여전히 입가에 머금고 있었다.

"너 전과를 말해봐."

악에 받쳐 씩씩거리던 박 수사관이 백인홍에게 소리쳤다.

"없소."

"뭐라고? 없다고? 여자 강간한 적 없어?"

백인홍은 어이없다는 표정을 지었다.

"지금부터 20년 전 1968년 겨울, 18세 때 여학생을 강간한 적이 없단 말이야?"

"그건…… 그건…… 거짓말이오."

"거짓말이라고? 여학생 이름을 대야겠어? 이기순이라면 기억이 나겠지……."

"그건 그 여자가 거짓말을 한 거요. 서로가 좋아서 했던 거요."

"여하튼 너는 강간범으로 고발을 당했어…… 집행유예로 풀려나긴 했지만 말이야."

고교생 건달 패거리 속에 끼이기를 좋아했던 이기순이라는 여학생이 순간 그의 머릿속에 떠올랐다. 어쩌다 임신을 시킨 것이 화근이 되어 뒷수습을 하느라 고생했던 아버지에게 호되게 당한 기억이 아직도 선했다.

과거란, 특히 수치스러운 과거란 나쁜 병균처럼 항상 주인 속에 숨어 있다가 주인이 역경에 처할 때 기승을 부리게 되어 있는 것인지, 어린 시절 멋모르고 저지른 일이 아직도 기록에 남아 있을 줄은 꿈에도 몰랐다.

"백인홍, 당신 부인과 자식이 이 사건을 알고 있어?"

박 수사관의 물음에 백인홍은 침묵을 지켰다.

"알면 뭐라고 할까?"

"그건 안 되오!"

백인홍이 소리쳤다.

"물론 우리가 알려주겠다는 말이 아니야. 그것은 과거

지사이고, 우리에겐 그럴 권리도 없어. 다만 당신이 우리를 너무나 심하게 우롱했다는 사실을 용서할 수 없을 뿐이야."

잠시 침묵이 흘렀다.

"가족에게 그 사실만은 알리지 마시오. 수사에 최선을 다해 협조하겠소."

백인홍이 애원하듯 말했다.

"백인홍, 당신 회사 세무사찰 받아봤어?"

백인홍은 당황스러운 표정을 지었다.

"없지? 없을 거야. 백인홍 당신 회사가 세무사찰 받고도 살아남을 수 있을 것 같아?"

백인홍이 고개를 숙였다.

"이진범에게 전화로 얘기한 건 내 실수였소. 용서해주시오."

백인홍이 고개를 숙인 채 풀이 죽은 소리로 말했다.

"좋아, 그렇다면 당신이 우리를 우롱한 사실을 덮어줄 수도 있어. 우리도 하고 싶어서 하는 게 아니야. 우리의 의무를 수행할 뿐이지……. 자, 그럼 다시 시작해볼까?"

수사관이 조서를 펴놓고 볼펜을 들었다.

"이름과 생년월일?"

수사관이 물었다.

"백인홍, 1951년 11월 14일생이오."

"직업은?"

"백운직물 대표이사요."

"아버지 이름은?"

"백선호요……. 벌써 스무 번 이상이나 대답했소. 조서에 있는 그대로요."

'탁' 하고 그의 이마에 박 수사관의 장지가 튕겨졌다. 동시에 '묻는 말에 대답해, 개새끼야' 하는 소리가 들려왔다.

"아버지 직업은?"

"백운직물의 사장 겸 창업자였소."

"그전에는?"

"모르오."

그건 사실이 아니었다.

"당신 아버지는 일제시대 악명 높은 유곽(遊廓) 주인이었어. 알고 있어?"

"모르오. 사실이 아니오."

"그것도 좋아, 동방예의지국이니 아들은 부모를 존경해야지."

회상이 이쯤에 이르렀을 때 백인홍은 벤치에서 벌떡

일어났다. 한적한 고궁의 따뜻한 봄볕과 꽃향기를 가득
실은 봄바람이 갑자기 싫어졌다. 그가 지금 있고 싶은
곳은 유서 깊은 고궁의 정원이 아닌 것 같았다. 그는 화
장실을 찾았다. 다행히 멀지 않은 곳에 공중화장실이 보
였다.

　변기에 앉자 백인홍은 마음이 편안해졌다. 가만히 생
각해보니 과거에도 그는 화장실 변기에 앉아 있을 때 왠
지 편안한 마음이었다. '당신 아버지는 일제시대 악명 높
은 유곽 주인이었어'라는 수사관의 말이 떠오르자 그는
입술 가장자리에 미소를 띠었다. 다음 순간 그의 머릿속
에는 그가 그토록 오랫동안 지우려고 노력했던 장면이
또렷이 그려졌다.

　일본군이 패망한 직후인 1945년 초가을 어느 날, 압록
강 철교를 힘들게 건너는 열차칸에서였다. 해방된 조국
으로 돌아오는 조선인들과 철수하는 일본 군인들이 뒤섞
여 있는 열차 내부가 그의 눈앞에 그려졌다. 말로 전해
듣고 상상만 했던 이야기 속의 장면들이, 실제로 목격했
기 때문에 망막에 각인된 어느 장면보다 또렷하게 살아
났다.

　그 열차의 마지막 곳간 칸에는 뒤쪽에 군용담요로 칸
막이를 하고 앞쪽에는 젊은 조선 여자들이 진을 치고 있

었다. 그리고 다음 칸으로 통하는 문 앞에 한 사나이가 서 있었다. 일본식 '당꼬 쓰봉'을 입고 혁대를 감은 손을 쥐었다 폈다 하며 문에 들어서는 일본 군인으로부터 돈이나 귀중품을 받고 있는 그 사나이는 분명 어디서 많이 본 듯한 얼굴이었다. 그가 손에 감은 혁대를 주르륵 풀어, 일본 군인과 칸막이 안으로 들어가기를 거부하는 젊은 여인을 후려칠 때, 그의 모습이 뚜렷하게 드러났다. 그 사나이는 젊은 시절의 아버지였다.

태어나기 전의 일이었으니까 이 장면은 물론 백인홍의 눈으로 직접 본 것은 아니었다. 열차 안의 장면은 10년 전 친척 아주머니로부터 들은 후 상상해본 것이었는데, 그런 상상을 다시 떠올리게 된 것은 전혀 예상 밖의 일이었다. 5년 전 아버지가 돌아가신 순간 망각의 늪에 깊숙이 밀어넣었다고 자신하고 있었다. 그런데 지금에 와서 그것이 자신의 눈으로 직접 본 어느 장면보다 더 또렷이 떠오르는 이유는 음흉한 눈매와 냉혹한 미소로 자신에게 베풀어준 수사관의 친절함 때문이었다.

수사관에게 고마워해야지. 이젠 나 자신을 찾았으니. 나도 아버지처럼 얼마나 음흉하고 얼마나 냉혹할 수 있는지 보여주어야지. 백인홍은 속으로 중얼거리며 변기에서 일어났다.

공중화장실에서 나와 한적한 고궁 안을 걸었다. 하늘을 올려다보았다. 머리 위에 파란 하늘이 있다는 것은 놀라운 일이었다. 그가 기대했던 것은 땅을 짓누르는 듯 짙게 드리워진 먹구름이었다. 앞으로 그의 눈에 비치는 하늘은 결코 파란 하늘이 아닌 검은 하늘이리라는 것을 그는 알았다.

고개를 왼쪽으로 돌려 시선을 보내면서 백인홍은 무엇에 놀란 사람처럼 움찔했다. 위압적인 검찰청 건물 15층 창문이 그의 눈에 비쳤다. 그는 악몽 속으로 다시 끌려들어가는 자신의 기억을 붙잡아둘 수 없었다.

'꽝' 하고 박 수사관의 투박한 손이 탁자를 두드린 순간 백인홍은 몸을 움츠리며 두 손으로 머리를 감쌌다.
"이진범 사장과의 관계."
백인홍이 머리를 감쌌던 두 손을 내려놓았다.
"친구 사이요."

"지난 5월 11일 몇 시에 관세청 김상열 수사관 집에 갔어?"

"6시 30분."

"누굴 만났어?"

"그 집 안주인이오."

"무엇을 전했소?"

머뭇거리자 박 수사관의 장지가 그의 이마에 '탁' 튕겨졌다.

"무엇을 전했느냔 말이야?"

"돈이오."

"얼마를?"

"5백만 원이오."

"어디서 난 돈이야?"

"제가 가지고 있던 돈이에요."

그건 사실이었다. '철썩' 하고 그의 뺨에 박 수사관의 손바닥이 스치고 지나가자 그의 머리가 얼얼해왔다.

"이진범이 준 돈이지?"

"……."

박 수사관이 손을 들자 백인홍은 두 손으로 다시 머리를 감쌌다.

"이진범이 준 돈이지?"

"그렇소."

거짓말이었다.

"권혁배 의원 잘 알지?"

"모르오."

그건 사실이었다.

"정말 몰라?"

"누군지는 알아도 만나서 인사한 적은 없어요."

"이 새끼, 너 거짓말이면 혼날 줄 알아. 이진범이와 권 의원, 고등학교 동창으로 가까운 사이지?"

"그런 것 같소."

"이진범이 관세 탈세한 비자금으로 권 의원 정치자금 준 거 사실이지?"

"나는 모르는 일이오."

그것도 사실이었다.

'탁' 하고 박 수사관의 손가락 끝이 그의 이마에 튕겨졌다.

"너 이 새끼, 정말 이러기야? 다시 묻겠어. 이진범이 권 의원 정치자금 댄 거 알지?"

"그런 것 같소."

그건 거짓말이었다.

"권 의원이 이진범에게서 정치자금을 받아내고 이진범

뒤를 봐주는 거 알지?"

"잘 모르오."

그건 사실이었다.

"정말 몰라? 그럼 눈치도 못 챘단 말이야? 나중에 법
정에서 부인해도 좋아. 눈치는 챘지?"

"그런 것 같기도 했소."

그건 거짓말이었다.

"좋았어. 그럼 이진범이 지금 어디 숨어 있는지 알
아?"

순간 백인홍은 악몽 같은 회상에서 깨어났다.

이진범은 지금 어디 있지? 제대로 도망은 갔나? 이진
범의 회사는 어떻게 되었지? 백인홍은 잠시 주위를 둘러
보다 눈에 띈 공중전화 부스에 들어가 버튼을 눌러댔다.

"나야, 김 전무 바꿔줘."

백인홍이 비서에게 말했다.

"사장님 어디세요? 아무 일 없으세요?"

여비서의 목소리가 빠르게 전화선을 타고 왔다.

"괜찮아. 김 전무 바꿔줘."

"네, 잠깐 기다리세요."

잠시 후 사장님, 하는 김 전무의 목소리가 들려왔다.

"김 전무, 나 나왔으니까 걱정 말고……. 별일 없지
요?"

"……."

"무슨 일이 있어요?"

"이진범 사장님 회사가 부도가 났습니다."

"뭐! 언제요?"

"어제요."

"얼마나?"

"1차로 한 5억 정도 되나봅니다."

"우리 회사가 힘닿는 데까지 도와줄 수 없었나요?"

"……."

"김 전무, 왜, 회사에 무슨 일이 있어요?"

"저…… 어제 오후부터 A은행 광화문 지점에서 융자
금 상환을 독촉하고 있습니다."

"왜요? 갑자기 무슨 이유로요?"

"은밀하게 이유를 알아보니, 사장님이 들어가 심문받
는다는 사실을 알고부터 본점에서 지점으로 지시가 내려
왔답니다."

"이런 ××놈들!"

그는 주먹으로 공중전화기를 힘껏 내려쳤다.

"알았소. 내 지금 본점으로 가서 해결하겠소. 걱정 마시오. 김 전무는 생산에 차질이 없도록 최선을 다하시오."

"사장님, 저…… 저……."

"무슨 일이오?"

"어제 대하실업으로부터 들어와야 할 하청 일이 안 들어오고 있습니다."

"황무석 이사 만나봤소?"

"어제부터 전화를 여러 번 했는데 통화가 안 됐습니다. 고의적으로 피하는 것 같습니다."

백인홍은 수화기가 달아오를 정도로 뜨거운 입김을 내뿜으며 빽 하고 소리를 질렀다.

"통화만 하면 어떡해요. 당장 가서 만나야지. 지금 당장 대하실업으로 가 황 이사를 만나시오."

전화를 끊고 대하실업의 번호를 눌렀다.

'황무석 이사실입니다'라는 비서의 목소리가 들려왔다.

"황무석 이사님 좀 바꿔주세요."

"누구시라고 할까요?"

"백인홍 사장이라고 하세요."

비서가 잠시 사이를 두었다가 '안 계시는데요'라고 말했다.

그는 수화기를 '꽝' 하고 내려놓았다. 공중전화 부스를 나오려다가 돌아서 다시 수화기를 들고 집 전화번호를 눌렀다.

"여보세요."

아내의 목소리가 들렸다. 그는 냉정을 찾으려고 마른 침을 꿀꺽 삼켰다.

"나야, 연락 못해서 미안해. 집에서 저녁 먹을 거야."

"여보, 괜찮아요?"

울먹이는 듯한 아내의 목소리가 들려왔다.

"아무렇지도 않아."

"정말 괜찮아요?"

"괜찮아."

"이진범 사장님 부인이 우리 집에 와 있기로 했어요. 채권자들이 집으로 몰려와 아이들과 같이 피신해 있기로 했어요."

"알았어. 너무 걱정 말라고 해."

"이 사장님 회사가 어떻게 갑자기 부도가 났어요?"

"얘기가 길어. 잘 해결될 거야. 그럼 저녁에 봐."

수화기를 조심스럽게 내려놓는 백인홍의 턱은 이를 악
물어 각을 이루었고, 입은 일자로 꽉 다물려 강철이라도
씹을 것 같았다. 그리고 그의 눈은 분노로 이글거렸다.

8. 공갈시대 : 백인홍

- 복수의 시작과 성공을 향한 발걸음.
- '위험하게 사는 것'도 하나의 좋은 방법인지도 모른다. 대부분 사람이 희생되
  는 시간의 횡포, 즉 지루함을 이기는 방법이 될 수도 있으니까.
- '거부(巨富)'는 '젊음과 신비로움을 가두어둔다'라고 생각하는 사람이 많다.
  '젊음'은 아니겠지만 확실히 '신비로움'은 가두어둘 수 있을지 모른다. 하지만
  그 신비로움은 부러움이기보다 혐오스러움에 더 가깝다.

　　백인홍 사장은 덕수궁을 나와 잠시 멍하니 한자리에
서 있었다. 시청 앞 로터리를 꽉 메운 자동차들의 행렬
에 시선이 갔다. 자가용·택시·버스, 큰 차·작은 차,
검은 차·흰 차 등 각양각색의 차들이 서로 질세라 한
치의 양보도 없이 아귀다툼을 하고 있었다. 어느덧 차
한 대 한 대가 그의 주위에 있는 한 사람 한 사람의 인생
처럼 보이기 시작했다.

　　여러 종류의 차가 아귀다툼을 하는 것처럼 모든 사람
의 인생도 애초부터 그렇게 운명 지어져 있는 것이 아닐
까? 세상에는 성공한 자와 실패한 자가 있게 마련이라

면 일단 성공하고 보는 것, 사회가 있는 자와 없는 자로 구성되어야 한다면 이왕이면 있는 자가 되는 것, 누군가 이기거나 지게 되어 있다면 이것저것 따질 것 없이 이기고 보는 것이다. 인생은 이렇게 아주 간단한 것인데 이때까지 내가 무슨 이유로 그렇게 허둥댔지? 그는 자괴감이 들었다.

백인홍은 손목시계를 보았다. 11시 30분. 그는 공중전화 부스로 가 버튼을 눌렀다.

'송 상무실입니다'라는 비서의 목소리가 들려왔다.

"송 상무님 계십니까? 백인홍 사장이라고 하십시오."

"외출 중이신데요."

"점심 전에는 들어오시겠지요?"

"외부에서 일보시고 점심 후에 돌아오실 거예요."

"알겠습니다. 그냥 안부전화를 했다고 하십시오."

그는 전화를 끊었다. 그저께 송 상무와 오늘 점심약속을 했으나 자신이 검찰청에 끌려갔다는 소식을 듣고 저쪽에서 일방적으로 취소했음이 틀림없었다. 빨라야 1시 반이나 2시는 되어야 송 상무가 돌아올 테니 그때까지는 시간적 여유가 있었다.

그는 지하도를 이용해 조선호텔 쇼핑 아케이드 내의 양복점으로 갔다. 그곳에서 검은색 13사이즈 기성복을

고른 후 허리 사이즈 32인치짜리 바지의 길이를 175센
티미터 키에 맞게 줄여달라고 부탁하고, 흰색 와이셔츠,
검은색 넥타이와 양말, 그리고 속옷 한 벌을 골랐다. 점
원에게 1시 10분까지 아케이드 내에 있는 이발소로 가
져와달라고 부탁한 후 이발소로 향했다. 잠시 후 층계를
내려가 이발소 문을 열고 들어섰다.

백인홍은 젊은 여자의 안내를 받으며 구석에 있는 이
발용 의자로 갔다.

"너, 아주 섹시하게 생겼어."

윗옷을 받아 거는 면도사에게 백인홍이 넌지시 한마디
던졌다. 면도사가 입술을 삐죽하며 싫지 않은 표정을 지
었다.

"정각 1시 15분에 나가야 돼. 이발은 필요 없고 머리
감고 면도와 안마만…… 먼저 안마부터…….."

지갑에서 5만 원을 꺼내 면도사에게 주며 그가 말했
다. 그녀는 돈의 액수에 별로 놀라는 기색도 없었다. 손
님이 무얼 원하는지 금방 알아들었다는 표시로 입술만
삐쭉해 보였다. 그가 젖혀진 의자에 비스듬히 눕자 면도
사는 그의 다리부터 주무르기 시작했다.

젊은 여자의 손길, 특히 섹시한 여자의 손이 눈을 감
고 있는 남자의 몸에 닿으면 묘한 상상력을 불러일으키

게 마련인 모양인지, 백인홍의 머릿속에 금세 육감적인
여자의 나신이 그려졌다. 동시에 그의 남성은 발기하기
시작했고, 그것이 그를 기분 좋게 했다. 만 하루 동안 잠
도 못 자고 밀폐된 좁은 심문실에서 갖은 모멸을 맛보았
지만 그의 남성은 전과 다름이 없었다.

"시작할까요?"

그녀가 발 아래쪽에서 몸을 숙여 그의 귀에 속삭였다.

"멋지게 해봐."

그가 눈을 감은 채 말했다. 잠시 후 그녀의 능숙한 손
놀림이 그의 남성을 요리하기 시작했다. 그는 A은행의
송 상무, 대하실업의 황무석 이사, 그리고 매서운 장지
를 가진 박 수사관을 머릿속에 번갈아 그려보았다. 그
의 남성이 정상에 달해 고개를 막 넘을 순간 그는 신음
을 토해냈다. 그에게는 환희의 신음이었으나, 그가 머리
에 떠올리고 있던 세 사람에게는 고통의 신음이 되리라
고 자신에게 다짐했다.

몸과 마음이 홀가분해졌다. 백인홍은 자신의 육체 내
에 성욕의 찌꺼기가 남아 있지 않음을 확신했다. 성욕의
찌꺼기가 남아 있으면 사랑이라는 탈을 쓴 여우에게 홀
려 여우의 노리갯감으로 전락하기 십상이었다. 아니면
머리가 흐려져 사람의 마음을 읽기보다 입에서 흘러나오

는 간드러진 거짓말을 믿게 되며, 당연한 미움보다 간사한 사랑에 이끌리게 되고, 적을 보고도 친구로 착각하게 되기 마련이었다. 안 되지, 그러면 안 되지. 백인홍은 속으로 중얼거렸다.

지금 나의 적은 누구지? 그들은 지금 어디 있지? 백인홍은 여전히 눈을 감은 채 자신에게 질문을 던졌다. 그러자 곧바로 세 사람의 뚜렷한 적이 떠올랐다. 우선 A 은행의 송 상무, 그의 용서 못할 배신 때문이었다. 그다음으로 대하실업의 황무석 이사, 그의 더러운 음모 때문이었다. 마지막으로 박 수사관, 그의 오만방자한 손가락 때문이었다. 그들 세 사람은 나의 명확한 적, 맞부딪쳐 파멸시켜야 할 적이다. 백인홍은 갑자기 자신의 몸속에 넘쳐흐르는 젊음의 힘을 맛보았다. 뚜렷한 적을 갖는다는 것이 뚜렷한 친구를 갖는다는 것보다 더 훌륭한 인생의 활력소가 된다는 사실을 실제로 체험한 셈이었다.

그들을 다 파멸시키고 나면 어떡하지? 그 이후 닥쳐올 허무감, 그 이후 찾아올 지루함을 어떻게 견디지? 새로운 적, 새로운 미움, 그리고 새로운 활력을 찾으면 되겠지. 세상은 넓은 것, 넘쳐나는 것이 적으로 만들 만한 사람이고, 부족한 것이 친구로 만들 만한 사람! 걱정할 이유가 하나도 없다. 백인홍은 눈을 감고 누운 채 두 주먹을 불끈 쥐었다.

"일어나시게요? 아직 30분이나 남았어요."

백인홍이 주먹을 쥐자 면도사가 말했다.

"아니야, 더 누워 있을 거야."

"주무세요. 깨워드릴게요."

면도사의 말이 달콤하게 들려왔다.

"좀더 세게 안마할까요?"

"아니, 지금 그대로……. 사랑해본 적 있어?"

눈을 감은 채 면도사에게 물었다.

"체…… 사랑도 한번 안 해본 여자가 어디 있을라고요……."

"그럼 누굴 미워는 해봤어?"

"왜 미워해요? 인생은 짧은데……."

인생이 짧다니? 사랑을 하면 인생이 짧고 미움을 가지면 인생이 길다는 것을 모르는구면. 그는 속으로 뇌까렸다.

"사장님은 미워해보셨어요?"

면도사가 웃음기 섞인 목소리로 물었다.

"지금 하고 있어."

"몇 사람이나요?"

"세 사람."

"그 사람들을 어떻게 할 거예요?"

면도사가 호기심 어린 말투로 물었다.

"우선 한 사람은 불면증 환자로 만들 거야. 그리고 한 사람은…… 글쎄…… 그놈은…… 좀 생각해봐야겠어. 나머지 한 놈은 오른손 장지를 영원히 못 쓰도록 부러뜨려 놓을 거고."

"사랑하는 사람은 없어요?"

면도사가 물었다.

"없어."

"그럴 리가 있어요? 누군가 있을 거예요. 잘 생각해보세요."

면도사의 손이 위축된 그의 성기를 조물락거리며 다시 한 번 발기시키려고 들었다. 놀랍게도 성기는 주책없이 다시 꿈틀거리는 기미를 보였다. 철저히 직업적인 행동이었다. 그 순간 그는 자신이 누구를 사랑하는지 알았다. 적어도 그 순간만큼은 철저한 프로정신을 가진 면도사를 사랑하고 있었다.

"너를 사랑해."

"장난치지 마세요…… 왜요?"

"프로니까."

"사장님은 프로가 아니에요?"

"나는 지금까지 아마추어였어. 이제부터 프로가 될 거야."

"직업이 뭐예요?"

"장사꾼이야."

"무엇을 파시는데요?"

"미움을…… 지금부터는 미움을 팔 거야."

머리를 감고 면도를 끝낸 후에는 만 하루 동안 빼앗겼던 잠이 그에게 성큼 다가왔다. 의식이 몽롱해지면서 문득 어떤 느낌이 그의 가슴에 와닿았다. 사랑이 상대방의 반응을 필요로 하는 복잡한 쌍방통행의 길이라면 미움은 상대방의 감정에 상관없는 편안한 일방통행의 길이라는 느낌이었다. 백인홍은 편안한 꿈속으로 깊숙이 빠져들어 갔다.

"시간이 다 됐어요, 일어나세요."

면도사의 목소리가 들려오면서 백인홍의 어깨가 흔들렸다.

백인홍은 눈을 떴다. 기껏해야 20분밖에 자지 않았을

터인데 새로 태어난 것처럼 개운했다.

"양복점에서 옷을 가지고 왔어요. 왜, 어디 장례식장에라도 가세요? 검은 양복에 흰 와이셔츠에 검은 넥타이니……."

"맞았어. 앞으로 내가 등장하는 곳마다 장례가 치러질 거야."

그는 미소 지으며 의자에서 몸을 일으켰다. 그리고 새 옷을 가지고 화장실로 갔다. 그는 입고 있던 옷을 벗고 새 옷으로 갈아입었다.

화장실에서 나와 거울 앞에서 머리를 빗어넘겼다. 거울에 비친 자신의 모습은 나무랄 데가 없었다. 까만 머리, 흰 와이셔츠, 검은색 넥타이, 검은색 양복, 검은색 구두……. 면도사의 말대로 장례식장에 가기에 안성맞춤인 모습이었다.

"어때, 이만하면 장례식장에 가기에 손색이 없지?"

"직업이 혹시 장의사 아니에요?"

면도사가 웃었다.

"맞아, 어떻게 알았지? 내 직업이 바로 장의사야."

백인홍이 너털웃음을 터뜨렸다.

"입었던 옷은 어떻게 하셨어요?"

"화장실에 있어."

"싸가지고 올까요?"

"아니 필요 없어. 내버려."

"왜 그러세요? 비싸고 새 옷 같던데……."

"새 옷은 새 옷인데 더러운 냄새가 빠지지 않아."

"어떤 냄새요?"

"비굴한 냄새……."

백인홍은 이발소를 나왔다. 따가운 햇볕에 눈이 부셨으나 눈을 힘주어 뜨고 오히려 태양을 향해 고개를 쳐들었다. 너를 포함해 어떤 것도 나를 움츠리게 할 수는 없다! 백인홍은 태양을 향해 소리치고 싶었다. 그는 지나가는 빈 택시를 세웠다.

얼마 후 백인홍은 A은행 본점 정문 앞에서 내렸다. 공중전화 부스에 들어가 A은행 건물을 올려다보며 버튼을 눌렀다.

"정 부장님 자리에 계신가요?"

"외출 중이신데요. 누구시라고 전할까요?"

"그냥 됐어요."

백인홍은 전화를 끊고 다시 버튼을 눌렀다.

"송 상무님 자리에 계신가요?"

"지금 회의 중이신데요……."

'회의 중'이란 말은 대개의 경우 지금 사무실에 있는데 상대방의 신분을 밝히라는 요구라는 것을 백인홍은 잘 알고 있었다.

"검찰청에서 방금 나온 백인홍이라고 전해주세요. 전화 안 끊고 기다릴게요."

"잠깐만 기다려보세요."

그는 송 상무를 기다렸다.

"백 사장, 어떻게 된 일이오?"

잠시 후 송 상무의 목소리가 들려왔다.

"검찰청에 만 하루 동안 갇혔다가 방금 나왔습니다."

"무슨 이유로?"

"만나뵙고 말씀드리겠습니다."

"정 부장을 만나시오. 지금 손님이 온다고 해서 기다리고 있는 중이라……."

"직접 말씀드릴 일이 있습니다. 송 상무님 개인 문제로요……."

"……지금 오시오."

송 상무의 불쾌한 듯한 음성이 들려오며 전화가 끊겼다.

공중전화 부스를 나서는 백인홍은 무언가 좋은 일이 생길 것 같은 기대감에 미소를 머금었다.

A은행에 들어서며 백인홍은 어깨를 펴고 뒷짐을 진

채 가슴을 앞으로 쑥 내밀고 팔자걸음으로 꺼떡꺼떡 엘리베이터 쪽으로 걸어갔다. 그는 귀빈용 엘리베이터 옆에 두 손을 앞으로 모으고 있는 '귀빈용' 팔등신 미녀에게 윙크를 보냈다. 곧이어 로비에 있던 수위가 쫓아와 '약속이 되셨는지요?' 하고 공손히 물어왔다. '송 상무하고'라고 백인홍은 퉁명스럽게 말했다. 수위가 그에게 굽실한 후 팔등신 미녀에게 모시고 가도 좋다는 뜻으로 오른손을 치켜올렸다.

들어서자마자 바로 움직이기 시작하는 엘리베이터 안에서 그는 두 손을 앞으로 모은 채 고개를 숙이고 있는 팔등신 미녀에게 시선을 주었다.

"키가 몇 센티미터요?"

백인홍이 미소 지으며 물었다.

"172예요."

미녀가 미소 지으며 말했다.

"나보다 훨씬 큰 것 같은데."

"하이힐을 신어서 그래요."

미녀가 다리 하나를 앞으로 들어 보이며 말했다. 그의 시선이 하이힐에서 미끈한 종아리, 탄탄한 무릎, 푹신한 허벅지로 옮겨갔다. 백인홍이 자기 자신을 소개할 만한 충분한 가치가 있는 각선미였다.

174

백인홍은 명함을 꺼내 그녀에게 내밀었다. 그녀에게는 흔히 있는 일인지 별로 놀라는 기색도 없이 명함을 받아 쥐었다.

"시간 날 때 전화해요. 회사에서 사무직원이 필요한데…… 이름이 뭐요?"

"김명희라고 해요."

백인홍이 '킁킁' 하고 무슨 냄새를 맡는 태도를 취했다.

"샤넬 넘버 세븐?"

백인홍의 말에 김명희가 미소 지었다.

"어떻게 아셨어요?"

"그냥 추측해봤지."

머지않은 장래에 너를 '샤넬 넘버 세븐'에서 '샤넬 넘버 파이브'로 승격시켜주마. 백인홍은 속으로 속삭였다.

"미스 김한테는 '샤넬 넘버 세븐'보다 '샤넬 넘버 파이브'가 더 어울릴 것 같아요."

"세븐과 파이브는 뭐가 달라요?"

김명희가 생긋생긋 웃으며 물었다.

"향내는 같아요. 다른 것은 값이오. 넘버 파이브는 넘버 세븐보다 비싼 냄새가 나지요. 미스 김은 비싼 여자요. 그 점을 잊지 말아요."

김명희가 환하게 미소 지었다.

그녀가 지어 보이는 환한 미소로 보아 그에게 전화하
는 것은 시간문제인 것 같았다.

＊＊＊

꼭대기 층에서 엘리베이터 문이 열리자 그는 중역실로
향했다. 송 상무실로 걸어가면서 그는 지난번에 왔을 때
와는 전혀 다른 느낌이 들었다. 중세기의 막강한 성주를
만나러 온 것이 아니라 거대한 무덤 속으로 들어갈 때의
느낌과 같았다.

"안에 계시지요? 조금 전 전화했는데."

백인홍은 자리에서 일어나는 비서에게 말했다.

"네, 들어가세요."

비서가 열어주는 문으로 들어서자 소파에 앉아 신문을
뒤적거리던 송 상무가 돋보기 너머로 그를 힐끗 올려다
보았다.

"갑자기 전화드려서 죄송합니다. 사안이 워낙 급해
서……."

"정 부장이 들어왔다고 하니까 부르지요."

앉으란 말도 하지 않고 송 상무는 인터폰 버튼을 누르

려 했다. 정 부장 방으로 가라는 말이었다. 그 방에 가서 정 부장에게 구차한 부탁을 하라는 것이었다.

"정 부장님은 부르지 마십시오. 송 상무님과 관계가 있는 일입니다."

백인홍은 송 상무 옆 소파에 앉았다.

"송 상무님, 혹시 검찰에 밉보인 일이라도 있습니까?"

백인홍이 송 상무의 눈을 응시하며 물었다.

"……."

송 상무가 떨떠름한 표정을 지었다.

"검찰이 송 상무님을 작살내기로 작정한 모양입니다."

"무슨 말이오?"

"검찰에 불려갔더니 송 상무님 비리를 캐려고…… 송 상무님한테 뇌물로 얼마나 바쳤는지 솔직히 불라고 해 혼이 났습니다."

"관세청 문제로 불려갔다고 들었는데요……."

송 상무가 믿어지지 않는다는 표정을 지었다.

"그건 괜히 겉으로 내세우는 이유이고, 실제로는 송 상무님의 비리를 캐려고 혈안이었습니다."

잠시 사이를 두었다가 백인홍이 다시 말했다.

"밤새워 고문을 받았지만 단 한 마디도 안 불었습니다. 송 상무님이 저희 회사의 은인인데 제가 어떻게 그릴 수 있겠습니까?"

"여하튼 고맙소."

송 상무가 입맛을 쩍쩍 다셨다.

"아 참, 저희 회사 융자 건 상환기일 연기하는 거 송 상무님께서 도와주셔서 감사합니다."

상환기일을 연기해주지 않기로 이미 결정된 것을 알고 있었으나 백인홍은 짐짓 모르는 체했다.

"글쎄 그게 어떻게 잘못돼서……."

송 상무가 말끝을 맺지 못하고 어물어물했다.

"무슨 문제라도 있습니까?"

"내가 관여할 일은 아니지만 지점에서 이미 결정한 일이라……."

백인홍이 상체를 일으켜 송 상무 옆에 있는 전화의 수화기를 들어 그에게 들이밀었다.

"지점에서 결정한 일이라면 송 상무님께서 지점에 지금 전화를 걸어 연기해주라고 하면 되잖습니까?"

백인홍의 당돌한 행동에 송 상무는 수화기를 받아 들었다가는 다시 수화기를 내려놓고 목을 뒤로 젖히고 눈을 감았다. 백인홍이 하루 사이에 전혀 다른 사람으로 바뀌었다는 사실을 송 상무가 알 리 없었다.

그러나 백인홍의 눈빛에서 공갈범의 음흉함을 느낀 송

상무는 등골이 오싹해왔다. 10여 년 전 송 상무가 지점 차장으로 있을 때 그의 앞에 대출금의 커미션조로 준 액수가 적힌 수첩을 들이밀며 협박을 하던 부도 회사의 사장이 떠올랐다. 그때부터 근본이 확실치 않은 업자들하고는 상종을 않기로 단단히 조심해왔는데 또다시 걸려든 셈이었다. 송 상무는 한숨을 내쉬었다.

30년 가까이 은행에 몸담고 있으면서 지금처럼 은행원이라는 직업에 회의를 느껴본 적이 없었다. 은행 업무의 성격 자체가 '피동적'이라야 하는데, 언제부터인가(아마 군사정권이 기세등등했던 1980년대 초부터) 은행원을 판매원 취급을 해 업무능력이 유치 예금 실적으로 결정되었다. 그러다 보니 예금을 유치하기 위해 접대비가 필요했고, 접대비를 장만하느라 대여금에서 커미션을 뜯어야 했다. 그 결과 은행원은 범죄자로 전락하게 되고, 기업하는 사람들은 은행원을 뇌물 공여자로 공범자로 만들었다. 결국 사채꾼들만 왕 노릇을 하게 되어 있는 것이 지금 시대의 냉혹한 현실이었다. 송 상무는 공갈범으로 변해버린 이 친구에게 호통을 칠까 말까 하고 잠시 망설였다. 그는 고개를 저었다.

"정 부장과 의논해서……."

송 상무는 말끝을 흐렸다.

"정 부장은 여기에 관여할 필요가 없습니다. 정 부장 소관 업무도 아니고요. 그 사람, 돈만 밝히지 의리가 없는 사람입니다."

송 상무는 아연실색하여 벌린 입을 다물 줄 몰랐다. 백인홍이 수화기를 들고 버튼을 누르기 시작했다.

"송 상무님, 김 지점장에게 무조건 연기하라고 말씀해 주십시오. 그렇지 않으면 저희 회사는 부도를 면하지 못하고, 부도가 나면 저는 다시 검찰청으로 끌려갑니다. 검찰청에 다시 끌려가면 이젠 버틸 힘도 없고, 버틸 필요성도 없습니다."

백인홍은 수화기를 송 상무에게 건네주었다.

송 상무는 수화기를 들고 한동안 어물어물, 횡설수설 떠들어댔다. 그러나 상환기일을 연기해주라는 송 상무의 지시는 김 지점장에게 분명히 전해졌다.

"고맙습니다. 그리고 저희 회사 융자 신청한 것도 좀 봐주십시오. 꼭 필요한 돈입니다. 그럼 다시 찾아뵙겠습니다."

백인홍은 자리에서 일어났다. 문을 나서기 전 뒤돌아보며 한 마디 덧붙였다.

"제가 찾아오면 따돌리지 마십시오. 저는 따돌림을 제일 싫어합니다."

그는 문을 '쾅' 하고 닫았다. 여비서가 문닫는 소리에 깜짝 놀라 일어났다. 그는 여비서의 어깨를 다독거리며 미소 지어 보였다. 백인홍 자신이 생각해도 점점 '프로' 다워지는 것 같았다.

귀빈용 엘리베이터 문 앞에 서 있던 백인홍은 비상층계로 허겁지겁 올라온 정 부장과 마주쳤다.

"백 사장, 언제 나왔어?"

송 상무의 전화 지시를 받고 백인홍을 만나러 왔을 정 부장이 반색하며 말했다.

"오늘 아침……. 검찰청 얘기지요?"

"검찰에서 무슨 일로 불렀어?"

"정 부장님과 송 상무님 뒷조사를 하려고 불렀어요. 뭐 뇌물로 먹은 거 있나 해서……."

"내 방에 잠깐 들르지."

"시간이 없는데요. 다음번에 들르지요. 할 얘기는 송 상무님에게 다 했으니까 물어보세요."

"그래도 내 방에 잠깐 들러."

"시간이 없대도요."

귀빈용 엘리베이터가 와 문이 열리자 백인홍이 탔고 잠시 어리둥절해 있던 정 부장이 뒤따라 탔다. 엘리베이터 문이 닫히고 움직이기 시작하자 백인홍은 정 부장이

서 있는 반대 방향인 김명희 쪽으로 몸을 돌렸다. 향긋한 냄새가 그의 후각을 짜릿하게 자극했다.

"여기서 잠깐 내리지, 백 사장."

정 부장이 자신의 사무실이 있는 층에 오자 말했다.

"시간이 없어요."

백인홍의 말에 할 수 없다는 듯 정 부장은 같이 1층까지 내려왔다. 백인홍이 김명희에게 찡긋 윙크를 보낸 후 엘리베이터 밖으로 나서자 정 부장이 그의 팔을 잡았다.

"같이 커피라도 한잔 하지."

"시간이 없대도요."

백인홍이 잡힌 팔을 휙 뿌리치고 성큼성큼 걸어나갔다. 걸어가면서 그는 엘리베이터 앞에 멍하니 서 있을 정 부장의 모습을 머릿속에 그렸다.

백인홍은 은행 정문을 나와 막 도착한 택시에 올라탔다. 기사에게 행선지를 말한 후 뒤를 돌아보았다. 방금 택시에서 내려 은행으로 돈을 빌리러 가는 듯한 사람의 뒷모습이 보였다. 축 늘어진 어깨, 힘없는 발걸음, 아래로 숙인 고개……. 그는 영원히 돌아가지 않을 자신의 과거를 보는 듯했다.

자, 첫 번째 적에겐 복수를 시작했고, 이제 두 번째 적인 대하실업 황무석 이사 차례인데 어떻게 시작하지? 하청 업무가 있어야 공장이 돌아갈 판이니 당장 오늘부터 시작해야겠는데 뭐 드라마틱한 방법이 없을까? 그리고 세 번째 적인 박 수사관의 오만방자한 장지는 어떻게 부러뜨리지? 무슨 좋은 방법이 없을까? 백인홍의 머릿속은 이런 질문으로 가득 차 있었다. 그가 탄 택시가 이른 오후의 서울 거리를 이리저리 누비며 아슬아슬한 곡예를 부렸다. 바로 그것, 그런 위험스러운 곡예가 자신이 살 인생의 길이라고 백인홍은 결론지었다. 난폭한 인생, 위험한 인생, 잔인한 인생……. 그러나 비굴한 인생은 아닐 것이라고 그는 확신했다. 그것이 바로 그가 바라는 인생이었다. 비굴함이 없는 인생.

9. 부도 인생 : 이진범

- 부도난 사업, 이루어질 수 없는 사랑.
- 성공한 사업가에는 두 종류가 있다. 유산을 받은 사람과 자수성가한 사람. 전자는 유산 상속자이고, 후자는 창조자다. 모든 창조 행위는 예술가의 창조 노력에 버금가는 희생과 노력이 요구된다.
- 여자는 묘한 성격을 가지고 있다. 여자는 그들을 경멸하는 남자를 사랑하고, 그들을 사랑하는 남자를 경멸하는 경향이 있다. 사랑했기 때문에 버림받지, 경멸했기 때문에 버림받는 남자는 없다.

이진범의 귀에 놀랍도록 침착한 아내의 목소리가 전화선을 타고 울려퍼졌다.

"여보, 집안일은 걱정 말아요. 어떻게 꾸려나가지겠지요. 당신 건강 관리나 잘하세요."

부도가 나 도망 다니는 자신의 건강을 염려하는 아내가 안쓰러워 그는 가슴이 쪼개지는 아픔을 느꼈다.

"내 걱정은 마. 잘 먹고 잘 지내고 있어."

그는 감정을 억누르며 말했다. 잠시 전화선이 끊어진 듯 두 사람 사이에 침묵이 흘렀다.

"힘들지 않아요?"

아내의 목소리가 다시 들려왔다.

"아니, 이곳 T시에 친구들이 많아."

"술 많이 하지 마세요."

"안 할게."

그는 목이 메어옴을 느꼈고, 아내가 그것을 눈치채지 못하길 바랐다. 지난 1년 동안 아내 몰래 진미숙이란 여자와 벌였던 정사 장면들이 순간 그의 뇌리에 스쳤다. 당장 지옥에 보내져도 아내에게 지은 죄를 씻을 수 없을 것 같았다.

"그리고 저…… 저…….."

아내가 머뭇머뭇거렸다.

"무슨 일이야?"

"진미숙 씨란 분을 만나봤어요."

"뭐라고?"

이진범은 가슴이 덜컹 내려앉는 절망을 맛보았다. 모든 것을 잃어버린 지금 아내의 사랑마저 잃을지도 모른다는 생각이 들었다. 그것은 무시무시한 공포였다. 견딜 수 없는 죄의식이었다. 그러고 보니 오랫동안, 너무나 오랫동안 아내의 사랑을 너무나 당연한 것처럼 여겨왔었다. 마치 아내가 가슴속에 지닌 불치의 병처럼! 지금에 와서, 이 지경이 된 마당에 아내의 사랑마저 잃는다면?

세상에서 일어날 수 있는 최악의 경우가 발생하는 셈이었다. 그렇다면 정말 살아갈 용기를 가질 수 있을지 자신이 없었다.

"최 이사가 진미숙 씨와 같이 진 사장 부인을 만나서 회사 사정 얘기를 하라고 해서요."

최 이사가 자신과 진미숙의 은밀한 관계를 알 리가 없는데……. 이진범은 이해가 되지 않았다.

"그럼 그 여자와 같이 진 사장 부인을 만났단 말이야?"

"네, 효과는 없었지만…… 진미숙 씨는 최선을 다한 것 같아요."

"……."

이진범은 마른침을 꿀꺽 삼켰다. 아내가 겪었을 고통이 새삼 다가와 가슴을 단숨에 두 쪽으로 쪼개는 것 같았다.

"당신이 대하실업 직원으로 미국 출장 갔을 때 그곳에 유학 중인 진미숙 씨를 열성껏 뒷바라지해주었다는 얘기를 최 이사가 했어요."

그는 '후' 하고 안도의 숨을 내쉬었다. 진미숙과의 관계는 이미 과거지사가 되었지만, 자신과 진미숙 사이에 있었던 일을 아내가 알게 된다면 그것은 아내에게 너무나 큰 충격일 것 같아서였다.

"자주 전화할게."

"앞으로는 백 사장님 댁으로 전화하세요."

"거기는 왜?"

"어제 백 사장님 부인과 통화했어요. 부인이 당분간 같이 있자고 해서 그러기로 했어요."

"무슨 일이 있었어?"

"별일 아니에요. 채권자라는 사람들이 수시로 집으로 들이닥치니 애들한테 좋지 않을 것 같아서요."

어린 딸들까지 피해자가 되다니! 그는 숨이 턱 막혀 왔다.

"알았어. 그렇게 해. 백 사장 집으로 연락할게."

그는 전화를 끊자마자 자리를 박차고 일어났다. 옷가지를 주섬주섬 가방에 쑤셔넣었다. 자신에게 무슨 일이 생기더라도 그냥 앉아 있을 수는 없었다.

이진범은 가방을 들고 방을 나섰다가 다시 방으로 들어가 휴대폰의 버튼을 누르기 시작했다.

"여보세요."

진미숙의 목소리가 들려왔다.

"나요."

그가 말했다.

"지금 어디 계세요?"

진미숙이 다급하게 물었다.

"지방 도시에 있어."

"어딘지 알려주면 제가 그리로 갈게요. 얘기 다 들었어요."

"다름이 아니라 어제 애엄마가 귀찮게 했다면서……."

"아니에요. 빨리 만났으면 좋겠어요. 급히 의논할 일이 있어요."

"무슨 일인데?"

"꼭 만나서 의논해야 돼요. 매우 중요한 일이에요."

그는 손목시계를 보았다. 오후 1시, T시에서 서울까지 고속버스로 4시간은 걸릴 것 같았다.

"내가 오늘 오후 5시 반경 서울에 도착해. 그때 전화하지."

"5시 반부터 그곳에서 기다릴게요."

"아니야, 6시로 해."

'네' 하고 진미숙이 전화를 끊었다.

'윙' 하는 소리만이 그의 귀에 울려퍼졌다. 죄의식이 되살아나는 신호라고나 할까? 그 소리는 어떤 비극의 냄새를 풍기는 듯했다. 진미숙이 자기와 의논할 중요한 일이 무엇일까? 미숙이 오빠를 설득해 대하실업에서 부도 수표를 회수하게 하려는 것인가?

그는 황무석과 통화하려고 휴대폰을 들어 '온' 스위치를 눌렀다. 빨간 불이 들어와 휴대폰의 배터리가 다 닳았음을 경고해주었다. 방안의 전화로 시외전화를 신청할까 하다가 그만두고 그는 가방을 들고 방을 나왔다.

이진범은 여인숙을 나와 택시를 잡으려고 길가에 서 있었다. 허름한 옷차림에 낚시용 모자를 푹 눌러쓰고 검은색 선글라스를 낀 그의 모습은 바로 얼마 전까지 2백 명의 직원을 거느린 회사의 사장이었다고는 도저히 믿어지지 않았다.

빈 택시가 다가왔다.

"고속버스 터미널로 갑시다."

그가 택시기사에게 말했다.

그는 T시의 고속버스 터미널에서 내려 버스표를 산 후 화장실에 가 버스 출발시간 전까지 신문을 뒤적거리며 시간을 보냈다.

얼마 후 버스가 출발하여 복잡한 시내를 빠져나와 고속도로에 들어설 때까지 그는 창가 좌석에 고개를 푹 수그리고 앉아 아무 생각도 하지 않았다. 오로지 붙잡히지 말아야겠다는 일념뿐이었다.

고속버스가 제 속력을 내고 대자연의 의연한 모습이

차창을 통해 그의 눈에 비치자 그는 마음이 차분해지기 시작했다. 차창을 스쳐 지나가는 자연을 바라볼 여유가 생겨났다. 문득 자연을 가까이하지 않으면 사람은 행복해질 수 없다는 어느 현자의 말이 떠올랐다. 그것은 진실이었다.

'자연은 이렇게 늘 그대로 여기에 있었구나. 어떻게 이토록 아름다울 수가 있지?' 차창 밖에 시선을 묶어둔 채 이진범은 넋을 잃은 사람 모양 몰아경에 빠져 있었다. 지난 세월, 특히 사업을 시작하고 지난 3년을 돌이켜보면 그는 자연을 철저히 멀리했음을 인정치 않을 수 없었다. 마치 자연이 한번 빠져들면 영원히 헤어날 수 없는 요부이기나 한 것처럼 멀리했던 것 같았다.

그는 자연이라는 청순한 여인을 요부로 착각했고, 아마 그래서 블록 담에 갇혀 사는 창녀들과 거리낌 없이 어울렸는지 몰랐다. 창녀들 품에서 시류에 몸을 팔며 엄벙덤벙 세월을 건너뛰다 보니, 결국 당연히 도착해야 할 종착역, 파산이라는 종착역에 도달하게 된 셈이 아닌가? 그는 점점 혼란에 빠져들었다. 그는 자연에 보내던 시선을 거둬들이고 고개를 푹 수그리며 눈을 감았다. 잠이 들기를 바랐으나 그의 머릿속은 쉴 줄을 몰랐다.

기업은 거대한 생명체이고, 기업인은 그 생명체의 한

부분! 생명체가 죽으면 생명체의 일부분은 당연히 사그라지게 돼 있는 것이 자연의 법칙일진대, 기업의 파산은 개인의 파멸을, 개인의 파멸은 영혼의 죽음을 의미하는 것이 아닌가! 숨쉬고 있는 죽음, 영원히 헐떡대며 가쁜 숨을 쉬고 있는 죽음. 아! 파산이라 불리는 종착역은 죽음보다 더 잔인한 것이라는 사실을 누가 이해하겠는가! 이진범은 괴로운 사념에 시달리고 있었다. 그러나 그런 사념은 오래가지 않았다. 따스한 봄볕이 그를 깊은 잠에 빠져들게 했다.

'곧 추풍령 휴게소에 도착합니다. 10분간 정차하겠으니 출발시간에 늦지 않도록 해주십시오.'

안내방송이 들려왔다.

이진범은 깊은 잠에서 깨어나 손목시계를 보았다. 오후 2시 45분. 그는 승객들 속에 섞여 버스에서 내려 공중전화 부스로 갔다.

공중전화 부스 속에서 주위를 두리번거렸다.

"황무석 이사님 자리에 계십니까? ……이사님 사촌동

생입니다."

그의 심정은 살인강도를 저지르고 법망을 피해 다니는 사람의 그것과 별반 다를 바가 없었다.

"여보세요."

"접니다. 이진범이에요."

"이 사장, 도대체 어떻게 된 거야? 지금 어디 있어?"

황무석의 두 가지 질문이 급히 그에게 던져졌다.

그러나 첫 번째 질문은 오히려 이진범이 물어야 할 것이었고, 두 번째 질문은 답하기가 싫었다.

"이 사장, 듣고 있어?"

"네, 듣고 있어요."

"무슨 일을 그렇게 처리해. 숨어 있으면 어떡해. 빨리 나타나 일을 해결해야지."

"좀 생각할 시간이 필요해서요. 나타나면 당장 구속될 거예요. 부도도 부도지만 관세청 문제 때문에요."

"무슨 문젠데?"

"그런 일이 있어요. 그리고 진 사장이 대하실업에서 보관 중인 수표를 은행에 돌린 거 아시지요?"

"진 사장이 어떻게 그럴 수가 있지? 뭐 잘못 안 거 아니야?"

"저는 그렇게 알고 있어요. 진상을 좀 알아봐주시고

저하고 만날 수 없을까요? 이미 엎질러진 물이긴 하지
만……."

"글쎄, 오늘 내로 진 사장을 만날 수 있을까……."

"곧 버스가 떠나니까 그만 전화 끊어야겠어요. 오늘
저녁 8시 반에 '귀빈' 살롱으로 와주세요. 회사 뒤처리로
의논드릴 일도 있고요."

"그리 가지."

회사 뒤처리란 말이 효과가 있었는지 황무석이 선뜻
응했다.

"아무한테도 얘기하지 마세요. 제가 지금 수배 중이니
까요."

"알았어. 걱정 마."

공중전화 부스에서 나와 고속버스에 올라타면서 이진
범은 아차, 했다. 백인홍이 현재 어떤 상태인지를 알아
보지 않았기 때문이었다. 다시 버스에서 내리려고 했으
나 그럴 시간이 없어 자리에 앉았다. 엉뚱한 고생을 한
백인홍을 잠시나마 잊어버리고 있었다는 생각을 하니,
아무리 회사가 부도가 나 작살이 나고 관세청 수사관의
추적을 피하는 중이라고는 하지만 자신이 생각해도 너무
이기적인 것 같았다.

봄볕을 받으며 평화로움 속에 잠겨 있는 푸른 들판이

그의 시선에 비쳤다. 이진범은 '지금부터 나는 어떤 인생을 살아가게 될까?'라는 질문을 자신에게 던졌다. 경제적 파탄을 맞이한 서른여덟의 한창 나이. 고되고 시린 인생 속에서 허덕이며 비굴하게 발버둥치며 살아가게 될 남은 인생이 떠올라 그의 머릿속을 어지럽혔다. 그는 으스스 한기를 느꼈다.

어떻게든 진희·진미가 시집갈 때까지는 살아 있어야 하는데……. 어떻게 그때까지 살아가지? 차창으로 들어온 봄볕의 포근함이 나른하게 느껴졌다. 3년 전, 사업을 시작하기 전 가족들과의 단란했던 시절이 몹시 그리워졌다. 그는 잠속으로 빠져들어갔다.

'천안삼거리 휴게소에 도착했습니다. 15분 후 출발하겠으니 늦지 않도록 해주십시오.'

안내방송 소리에 이진범은 깊은 잠에서 깨어났다.

그는 얼른 좌석에서 일어나 될 수 있는 대로 승객들 속에 섞여 버스에서 내렸다. 고개를 숙이고 곁눈질로 빈 공중전화 부스를 찾았다.

고개를 들지 못하는 자신의 신세를 한탄하면서 과거에 느끼지 못했던 새로운 깨달음이 순간 그에게 다가왔다. 행복이란 주위에 너절하게 깔려 있어 마음만 있으면 얼마든지 주워 모을 수 있다는 사실이었다.

194

이진범은 공중전화의 버튼을 누르며 백인홍이 검찰청에서 무사히 풀려 나왔기만을 바랐다.

"백운직물 사장실입니다."

여비서의 산뜻한 음성이 들려왔다.

"백 사장님 계십니까?"

"누구시라고 전할까요?"

비서의 질문이 들려오자 그는 '후' 하고 안도의 숨을 쉬었다.

"진범리라고 하십시오."

그는 혹시나 해서 영어식 이름을 대었다.

"잠깐 기다려보세요. 회의 중이시니까요."

회의 중…… 회의 중……. 그는 자신도 모르게 회의라는 말에 몸서리를 쳤다. 회의? 회사는 항상 해결하여야 할 문제들이 산재한 전쟁터였고, 해결 방법은 결과적으로 경쟁자를 음해하는 비열한 모함이든지 상대방을 타락시키는 더러운 음모였기 때문이었다.

"이 사장, 지금 어디야?"

백인홍의 힘찬 목소리가 전화선을 타고 왔다. 백인홍의 지칠 줄 모르는 활력에 한없는 부러움을 느꼈다.

"고속도로 휴게소야. 지금 상경하는 중인데, 검찰청에서 고생했지?"

"고생은 무슨 고생, 그 새끼들이 나한테 혼이 났지."

"우리 가족들이 백 사장 집에 신세를 질 모양인데 자꾸 미안한 일만 생겨서 어떡하지?"

"쓸데없는 소리. 마누라 심심한데 말동무 생겨서 잘됐지 뭐. 몇 시에 서울 도착할 거야? 빨리 만나야지."

"내가 전화할게. 저녁에 누굴 만나기로 했는데 만나고 난 후 집으로 전화할게."

"누군데?"

"……."

그렇지 않아도 자기 사업으로 바쁜 백인홍을 자신의 일에 더이상 끌어들이고 싶지 않아 이진범은 어물어물 했다.

"진 사장이 보관용 수표 돌렸다는 거 사실이야?"

백인홍이 검찰에서 풀려난 후 회사가 부도난 연유를 이미 알아본 모양이었다.

"그런 것 같아……."

자기 때문에 그만큼 고생했으면 됐지 더이상 피해를 주고 싶지 않다는 마음에 이진범은 맥없이 시인했다.

"이런 개새끼들! 보관용 수표 환수하라고 진 사장에게 부탁했어?"

"물론이지."

"누굴 통해서?"

"처음에는 황 이사를 통해서 했고, 어제는 직접 만나서 했어."

"그래, 황 이사와 진 사장이 뭐래?"

"황 이사는 잘 애기해주겠다고 했으나 안 됐고, 진 사장은 해줄 것 같더니 나를 피했어."

"황 이사 그 새끼가 훼방 놓은 거 아냐?"

"무슨 이유로?"

"황 이사 그 새끼 혹시 이 사장 회사 꿀꺽 하려는 것 아냐? 그 새끼 우리 회사에 주던 하청 일도 그저께 중단시켰단 말이야."

그러고 보니 백인홍의 말도 터무니없는 추측만은 아닐지 모른다는 생각이 들었다.

"사실 오늘 저녁 8시 반에 황 이사를 만나기로 돼 있어."

"그래? 어디서?"

"'귀빈'에서."

"알았어. 나도 그리 갈게. 그 친구한테 내가 온다는 말 하지 말고 내가 나갈 때까지 붙잡아둬. 가능하면 술을 먹여 정신없게 만들어놓고."

"노력해볼게."

"노력해볼게가 아니라 확실히 그렇게 해야 해. 하청일로 그 새끼하고 담판을 지어야거든."

"지금 버스 떠날 시간 됐으니까 그럼 나중에 봐."

이진범은 공중전화 부스를 나와 기다리는 버스 쪽으로 뛰어갔다.

한 시간가량 고속도로를 달린 고속버스가 드디어 번잡한 시내로 들어섰다. 차창 밖으로 드러난 서울 거리는, 과연 그동안 그 속에서 자신이 어떻게 아무런 저항 없이 살았었나 하는 의구심이 들 정도로 자동차에서 뿜어대는 매연과 소음으로 가득 차 있었다. 언제부터 서울이 자동차 왕국이 되었는지 모르나 풍요함을 누리기도 전에 매연과 소음으로 찌들 대로 찌들어 숨이 차 헉헉대고 있었다.

이진범은 피로에 지친 택시 운전기사들, 멍한 얼굴의 노점상인들, 무표정한 푸른 제복의 경관들에게 시선을 주었다. 그들의 평범한 일상조차도 부러워졌다.

고속버스가 강남 고속버스 터미널에 도착했다. 이진범은 주위를 경계하며 승객들 틈에 섞여 차에서 내려 버스 정류장으로 걸어갔다.

신촌행 버스에 올라타 꽉 들어찬 승객들 사이에서 손잡이를 잡고 주위를 둘러보았다. 모두가 하나같이 착한 얼굴들, 욕심 없는 선한 표정들, 까다롭지 않은 눈빛들이었다. 그는 그들 속에서 마음이 편안해졌다. 정말로 오랜만에, 아마 사업을 시작한 이후 처음으로 편안하고 느긋한 마음이었다.

⟡

이진범은 카페 문을 열고 들어서면서 실내의 어둠에 잠시 멈칫했다. 그러나 그것도 순간이었을 뿐, 구석 테이블에서 일어나는 한 여자의 모습이 시야에 들어오자 카페 실내가 일순간에 친밀하게 느껴졌다.

"오래 기다렸어?"

그가 물었다.

"아뇨. 5시에 왔어요."

진미숙은 자리에 앉으면서 그의 표정을 유심히 살피는 눈치였다. 그는 미소를 지어 보였다. 매우 쑥스럽고, 어색한 미소였다.

"괜찮아요?"

"괜찮아."

진미숙이 탁자 위에 놓여 있는 두 개의 포도주 잔에 포도주를 따랐다. 그들은 아무 말 없이 포도주를 마시기

시작했다. 폴 마송…… 역시 폴 마송이었다. 사흘 전과
변하지 않은 것이 있다면 그것은 오로지 포도주뿐이었
다. 그와 관련된 모든 것들은 변해 있었다. 돈을 좇는 자
에서 법망에 쫓기는 자로, 사람의 마음을 꿰뚫어보는 눈
에서 자연의 아름다움을 음미하는 눈으로, 오만함에서
겸손함으로.

"운명이란 참 묘한 거야."

그가 포도주 잔을 탁자 위에 내려놓으며 혼잣말처럼
말했다.

"왜요?"

진미숙이 그의 눈을 바라보며 물었다. 그들의 눈길이
마주쳤다. 그녀의 눈길—이해의 눈길, 겸손의 눈길, 그
리고 사랑의 눈길—은 조금도 변하지 않은 것 같았다.

"지난번 헤어진 후 내 평생 동안 미숙 씨를 다시 만나
지 않으리라 다짐했었어."

"헤어지는 것이 운명이라면 다시 만나는 것도 운명일
거예요."

이진범은 포도주 잔을 입으로 가져갔다.

"부인을 만나봤어요."

"알고 있어. 회사 중역이 미숙 씨가 미국에 있을 때 우
리가 만난 것을 알고 어리석게 부탁했나봐."

잠시 어색한 침묵이 그들 사이에 찾아왔다.

"앞으로 어떻게 되는 거예요?"

진미숙이 침묵을 깼다.

"뭐가?"

"사업체 말이에요."

"부도가 난 순간 사업체는 이미 사라진 거야."

"어떻게든 다시 일으켜야지요. 가족도 있는데……."

"불가능한 일이야. 애초부터 나는 사업가가 될 자격이 없는 사람이었어."

이진범은 포도주를 꿀꺽꿀꺽 마시고 빈 잔에 다시 포도주를 채웠다.

"그렇다고 좋은 연인도 될 수 없고……."

이진범이 막 채운 포도주 잔을 응시하며 중얼거렸다.

"사업가가 될 자격이 있는지 없는지 그건 모르겠어요. 그러나 여자가 좋아할 만한 남자라는 것은 확신해요."

"언제부터 그런 확신을 가졌어?"

진미숙의 말에 이진범이 자조 섞인 미소를 지으며 말했다.

"오늘 저녁 자신감을 잃은 당신을 만나고부터요……."

"무슨 말이야?"

"당신이 도움을 필요로 한다는 것을 알고부터요……

여자는 도움이 필요한 남자, 자신이 없는 남자를 사랑해요."

"나는 사랑받을 만한 가치가 없는 남자야. 기껏 마누라 눈을 속이며 다른 여자와 사랑을 나누는 파렴치한 남자가 바로 나야."

"우리 사이를 꼭 그렇게 비하해야 되겠어요?"

시선을 아래로 떨어뜨리며 말하는 그녀의 목소리에는 원망이 진하게 배어 있었다.

"아니야, 그게 아니야. 우리 사이를 비하하는 게 아니야. 나 자신의 모습을 있는 그대로 그려본 것뿐이야."

이진범이 사과투로 말했다. 그러나 그녀의 푹 수그린 고개는 들어올려질 줄 몰랐다. 그녀는 주섬주섬 손수건을 꺼내 눈으로 가져갔다.

"당신은 아름답고 착하고 사랑을 할 줄 아는 여자야. 세상의 어느 남자라도 당신을 얻는다면 행복할 거야."

잠시 후 그녀는 드디어 고개를 들었다. 단호한 의지가 보였다.

"의논할 일이 있어 만나자고 했어요."

"……."

"오빠가 우리 사이를 눈치챈 것 같아요."

"진 사장이? 어떻게 알았어?"

"부인과 함께 오빠 집에 갔을 때 출장 중인 오빠와 통화를 했어요."

"그래서?"

이진범은 조급해졌다.

"보관용 수표를 환수해달라고 했더니 거절했어요."

"그럴 수도 있지."

"오빠는 그렇게 잔인한 사람이 아니에요. 제가 오빠를 잘 알아요."

잠시 사이를 두었다가 진미숙이 다시 말을 이었다.

"그것뿐만이 아니에요. 저한테 말하는 투로 봐서 우리들 관계를 알고 화가 난 것 같았어요. 결국 저 때문에 회사가 부도났을지 몰라요."

"미숙 씨 때문에?"

"그래요. 저 때문에요. 제가 당신을 파멸의 구렁텅이로 빠뜨린 것 같아요……. 조금 전 운명이라고 했는데 아마 저는 남자를, 사랑하는 남자를 파멸시키는 운명을 타고난 모양이에요."

"아니야, 그렇지 않아. 미숙 씨는 남자를 행복하게 할 운명을 타고난 여자야."

"오빠를 어떻게든 설득시켜 회사를 살릴 수 있도록 노력해볼게요. 오빠가 정 마음을 굽히지 않는다면 오빠를 영원히 보지 않을 거예요."

그 말을 남기고 진미숙은 자리에서 일어나 이진범 옆
으로 왔다. 그녀가 그의 머리에 살짝 입을 갖다댔다. 그
리고 한마디 여운을 남겼다.

"영원히 잊지 못할 거예요."

마지막 말을 남긴 채 진미숙은 자리에서 일어났다.

진미숙의 멀어져가는 하이힐 소리를 들으며 그는 생각
했다. 흐르는 세월의 도움을 받아 지난 과거를 모두 잊
을 수 있다 해도, 노년이 가져다주는 망각의 도움을 받
아 그녀의 모든 것을 잊을 수 있다 해도, 그녀가 마지막
으로 남긴 말, '영원히 잊지 못할 거예요'라는 말은 영원
히 잊을 수 없다고.

10. 포장마차와 살롱 : 백인홍/최 이사

- 드러나기 시작하는 황무석의 음모.
- 한국은 '종교의 나라'라고 할 수 있다. 기독교·불교·유교가 공존하며 사회의 90 퍼센트 이상을 지배한다. 교육과 정치의 영향력은 기껏해야 10퍼센트 미만이다(변희성은 유교의 지배를 받는 대표적 인물이다). 그래서 정치가 개판이라고 개탄할 필요가 없다.
- 복수심은 인간에게 활력을 불어넣어준다. 가장 훌륭한 복수는 잘사는 것이다. 유대인이 성공한 이유가 바로 이것일지 모른다.

　백인홍이 잠실 석촌호수 근처에 도착한 것은 저녁 7시 반경이었다. 사람들 눈에 잘 띄지 않는 그곳의 포장마차로 약속장소를 택한 것은 이진범 사장 회사의 중역인 최 이사였다. 백인홍은 그런 최 이사의 심정을 이해할 수 있었다.

　주위를 두리번거리자 주황색 비닐 위에 서투른 검은색 글씨로 '어! 자네 얼마 만인가?'라는 상호가 써 붙여진 포장마차가 눈에 띄었다. 백인홍은 상호치고는 기발한 착상이라고 감탄하며, 비닐 덮개를 젖히고 포장마차 안으로 들어섰다.

최 이사의 모습은 보이지 않았다. 포장마차 내부를 둘러보았다. 음식을 담은 받침대 위의 유리 상자 한편으로 둘러앉아 있는 손님들과 우동을 말고 있는 여주인의 모습이 보였다. 그의 기억 속에 남아 있는 예전 집 근처의 어떤 포장마차와 분위기가 별로 다르지 않았다. 구태여 다른 점을 찾는다면 포장마차 한쪽 구석에 매달려 있는 소형 텔레비전 정도라고 할까? 훈훈한 분위기, 주객들의 선한 얼굴, 포장마차 주인의 소박한 표정…… 모든 것이 5년의 그곳과 비슷했다. 5년 전 아버지가 갑자기 세상을 떠나 사업을 떠맡기 전, 하루 저녁 술타령의 종착역으로 들르곤 했던 곳이 바로 예전 집 근처의 포장마차였던 것이다. 백인홍은 일자로 된 긴 나무의자의 한쪽에 앉았다.

"소주 반 병하고 닭똥집 주세요."

그는 등을 보이고 있는 여주인에게 말했다. 아직도 소주 반 병을 시킬 수 있는지 궁금해서 주문해본 것이었다.

40대 초반으로 보이는 여주인이 돌아서 소주병을 꺼내 마개를 딴 후 음식 받침대 위에 놓았다.

"드시고 남기시소."

여주인이 무표정한 어조로 말했다.

"먹다 남은 소주 없어요?"

백인홍이 여주인에게 물었다.

"지금 없는데 드시다 남겨도 됩니더."

여주인이 미소 지으며 경상도 사투리로 말했다. 백인홍은 벌써부터 기분이 좋아졌다. 소주 반 병을 달라는데도 미소로 받는 곳은 서울에서 포장마차밖에 없다는 그의 오랜 지론을 재확인한 셈이었다. 서울에 밤이 찾아오면 선량한 일반 시민들은 몽땅 쫓겨나 포장마차로만 몰려들지도 모른다는 생각이 들었다. 그는 적이 마음이 놓였다. 앞으로 남은 인생 동안 그가 활동할 사업이라는 무대 위에서 자신은 악역을 맡을 것이었다. 그러나 밤이 깊어 무대의 불이 꺼지면 진솔한 대화를 나눌 친구는 포장마차에서 찾을 수도 있으리라.

포장마차 뒤켠에서 꾸부리고 앉아 석쇠 위에 놓인 곰장어를 뒤적거리는 주인인 듯한 중년 남자의 뒷모습에 시선이 갔다. 떡 벌어진 어깨, 일어서면 180센티미터가 넘을 듯한 큰 키, 레슬링 선수의 그것을 연상케 하는 목덜미⋯⋯. 화로 앞에 꾸부리고 앉아 곰장어를 굽는 그의 모습은, 뭐라고 할까, 온돌방에 갇혀 있는 투견처럼 측은해 보였다. 그를 울타리에서 빠져나오게 할 수 없을까? 백인홍은 엉뚱한 생각을 해보았다. A은행 본점의 귀빈용 엘리베이터걸 김명희, 그녀 또한 울타리에서 빠져나오게 하고 싶은 사람이었다. 순간 뒤를 힐끗 돌아보는 그의 시선과 백인홍의 시선이 마주쳤다. 주인 남자의 시선은 꽤 위압적이었다.

그때 주인 남자가 벌떡 일어났다. 받침대 밑에서 빈 소주병을 꺼내더니 백인홍 앞으로 다가왔다. 그리고 아무 말 없이 백인홍 앞에 놓인 소주병을 집어 빈 병에 반쯤 조금 모자라게 따른 후 반 병짜리 소주병을 선반 위에 올려놓았다. 그러고 나서 주인 남자는 우동을 말고 있는 여주인의 등을 향해 성난 소리로 말했다.

"손님이 반 병 달라 카시면 반 병 줄 것이지, 우예 뭐든지 니 맘대로 할라 카노?"

"알았소, 알았소. 이자 됐소. 빨리 곰장어나 구우소."

여주인이 시끄럽다는 투로 말했다.

"여자가 고집이 너무 쎄다카이……."

주인 남자가 투덜거렸다.

"이 양반이 갑자기 와 이카노."

손님 앞에서 퉁을 주는 남편이 야속했는지 여주인은 곱지 않은 눈초리로 남편을 쏘아보며 중얼거렸다. 그냥 두었다가는 소주 반 병 시킨 자기 때문에 부부 싸움이 벌어질 것 같아 백인홍이 얼른 끼어들었다.

"'어! 자네 얼마 만인가?' 하는 상호는 무슨 뜻이지요?"

백인홍이 주인 남자에게 물었다.

"아, 그거 말입니꺼? 내가 지은 건데 우리 상호만 외우고 있으면 밥하고 술은 해결되게 돼 있심더."

주인 남자가 신이 나 대답했다. 구부리고 앉아 곰장어를 굽는 일에서 해방되었다고 생각하는 모양이었다.

"어떻게요?"

백인홍이 물었다.

"관혼상제나 술판에 가 푸짐하게 먹고 마시고 일어설 때쯤에 다른 사람이 들어오면 '어, 자네 얼마 만인가?' 하고 그 사람하고 같이 앉아 또 먹고 마시고 하루종일……."

"어, 자네 얼마 만인가?"

백인홍이 오른손을 번쩍 들며 주인 남자에게 말했다. 잠시 어리둥절해하던 주인 남자가 껄껄껄 웃고는 나머지 소주 반 병을 들고 백인홍 앞에 앉았다.

"좋심더. 소주 값은 내가 내겠심더."

주인 남자가 허세를 부렸다.

백인홍이 소주잔을 들어 쭉 들이켠 후 빈 잔을 주인 남자에게 내밀었다. 눈 깜짝할 동안 그들 사이에 서너 순배가 돌았다.

"손님, 어, 자네 얼마 만인가? 그 말 잊지 마소. 밥하고 술은 해결되게 돼 있으니……."

주인 남자가 술기운에 기분이 좋아 지껄였다.

그때 갑자기 매큼한 냄새가 연기와 함께 포장마차 안을 채우기 시작했다.

"아이구, 마 내사 속이 상해서……."

여주인이 이미 반쯤 타버린 곰장어를 불에서 얼른 들어내며 중얼거렸다.

"여자가 와 이리 말이 많노? 암탉이 울면 집안이 망한다는 말 몬 들었나?"

주인 남자가 뒤돌아보며 대꾸했다. 집에 들어가서 마누라한테 얼마나 혼이 나려고 저러나, 하면서도 백인홍은 그의 호연지기가 마음에 들었다.

"아저씨 고향이 어디예요?"

백인홍이 물었다.

"경상북도 안동이라예."

"거기는 양반이 많이 사는 데 아니에요?"

"여기니까 여자들이 말대꾸하지, 우리 고향에서는 여자들이 마실도 마음대로 몬 갑니더."

"우리 통성명이나 하지요."

"변희성이올시다."

변씨가 탁자 위에 두 손을 짚고 마치 절을 하듯 고개를 숙였다.

"저는 백인홍입니다."

"백 선생은 고향이 어디요?"

"저는 서울에서 태어나기는 했지만 대구 근방 동촌이 고향이고, 아버지의 고향은…… 아버지의 고향은 유곽이에요."

백인홍은 앞에 놓인 술잔을 잡고 입 안에 털어 부었다. 유곽 주인이었던 젊은 시절의 아버지 모습이 백인홍의 머릿속에 떠올랐다. 손에 든 혁대로 매음녀를 후려치는 아버지의 모습이었다.

"유곽이 어디에 있십니꺼?"

"땅 위에 있지요."

백인홍의 말에 변씨가 어리둥절해했다.

"백 선생이 술이 많이 취한 모양입니더."

"취했지요. 많이 취했지요. 하지만 더 취해야겠어요……. 사람은 조금 취하면 현재에 빠지고, 많이 취하면 과거가 되살아나고, 아주 많이 취하면 미래를 보게 되지요."

"백 선생은 어떤 미래를 볼라고 그렇게 많이 취할라고 합니꺼?"

"과거를 영원히, 완전하게 무덤으로 보낼 미래가 내가 보고 싶은 미래요."

"어려운 말을 하십니더."

변씨가 자리에서 일어나더니 받침대 밑에서 소주병을 꺼내 마개를 땄다. 여주인이 접시에 담은 곰장어를 받침대 반대쪽에 앉은 남자 앞에 놓으며 곱지 않은 눈길을 변씨에게 보냈다. 오늘밤이 변씨에게는 꽤나 시달리는 기나긴 밤이 되리라는 느낌이 들었다.

"이제 그만 드시지요."

백인홍이 자신의 잔에 술을 따르는 변씨에게 조심스럽게 말했다.

"이까짓 소주 몇 잔 마셨다고 고만둡니꺼? 난 한번 마시면 다섯 병은 마셔야 속이 찹니더. 그래도 끄떡없심더."

"젊었을 때 무슨 운동을 하셨어요?"

백인홍이 그의 우람한 상체에 시선을 주며 물었다.

"씨름판이란 씨름판은 다 휩쓸었십니더. 내가 씨름판에서 탄 송아지만 해도 스무 마리가 넘을 낍니더."

변씨가 신이 나 자랑을 늘어놓았다.

"백 선생도 보통 체격이 아닌데 무슨 운동을 했습니꺼?"

변씨가 175센티미터의 키에 비해 어깨가 유달리 넓은 백인홍을 보며 물었다.

"야구를 좀 했지요."

사실인즉 '좀' 한 게 아니라 고등학교·대학교 시절 알아주는 투수였다.

포장마차의 덮개가 젖혀지면서 청천물산의 최 이사가 들어섰다. 그 바람에 둘 사이의 대화가 끊어졌다.

"늦어서 죄송합니다. 채권자들이 좀체 놓아주지 않아서요……."

백인홍 옆자리에 앉으면서 최 이사가 헐떡거리며 말했다. 변씨는 아쉬워하며 화로가 있는 곳으로 갔다.

"최 이사, 고생이 많지요?"

백인홍이 위로의 말을 건넸다.

"뭘요? 당연히 제가 할 일인데요."

곧이어 우람한 체격의 청년 두 명이 덮개를 열고 들어와 최 이사와 백인홍을 향해 험상궂은 표정을 지어 보였다. 그들은 백인홍 맞은편 자리에 앉자마자 마치 그곳에 자기들밖에 없는 듯 포장마차가 떠나가도록 큰소리로 외치기 시작했다.

"아줌마, 맥주 세 병하고 제육볶음 한 접시 줘요."

변씨가 그 청년들을 힐끔 보았다. 'ＸＸ놈들'하고 입속에서 중얼거리는 변씨의 입 모양이 백인홍의 시야에 들어왔다.

"어떻게 진행되고 있어요?"

백인홍이 최 이사에게 소주를 권하며 물었다.

"채권단과 타협 중이에요. 저녁식사를 하는 동안 잠깐 빠져나왔어요. 일이 잘 풀리지 않아요."

"문제점이 뭐예요?"

"채권단들 사이에 의견 통일이 안 되고, 게다가 과격한 사람들이 채권단을 주도하고 있어요. 채권단에서 책임지고 부도난 수표를 회수할 테니 채무 변제가 완료될 때까지 회사의 주권을 일단 채권단에게 담보로 맡기라고 주장하는 거예요."

"그럼 경영권을 내놓으라 하는 것과 마찬가진데…… 회사 운영 사정은 어때요?"

"이번 위기만 넘기면 일체 문제가 없을 거예요. 공장대지 값이 올라 공장을 다른 데로 이전하고 공장 대지만 매각해도 채무를 변제할 수 있거든요."

"채권단에서 주권을 담보로 잡으라고 주장하는 사람들은 누구예요?"

"저…… 저……."

최 이사는 맞은편에 앉은 두 청년에게 힐끗 시선을 보냈다.

"이봐, 영감!! 그 곰장어, 우리도 좀 구워주시오."

화로 앞에 꾸부리고 앉아 곰장어를 굽고 있는 변씨에게 한 청년이 소리쳤다. 변씨가 그들을 돌아보았다. 성난 얼굴이 가슴 섬뜩하도록 무서웠다.

"어떤 사람이에요?"

백인홍이 최 이사에게 다시 물었다.

"대하실업의 황무석 이사 패거리 같아요."

"뭐요? 황 이사 패거리?"

백인홍이 이해할 수 없다는 표정으로 최 이사를 응시했다.

"황무석 이사가 뒤에서 조종하는 것 같아요. 대하실업 납품업자들 돈 대주는 사채꾼들이 채권자들인데, 황 이사가 원래 소개해준 사람들이라 그들 모두가 황 이사 말만 들어요."

"그래요? 이 사장 댁에 채권자들을 보내서 부인에게 횡포를 부리게 한 것도 황 이사 짓이에요?"

최 이사가 고개를 끄덕거렸다.

백인홍은 분노로 숨이 막혀오는 것 같았다.

"황 이사 지금 어디 있어요?"

"약속이 있어 어디 가야 된다며 내일 아침에 오겠다고 하고 갔어요."

그 순간 백인홍은 8시 반에 '귀빈'에서 황무석과 만나기로 되어 있다는 이진범의 말이 떠올랐다.

"내가 황 이사 어디 있는지 아는데 같이 갑시다."

"……."

최 이사는 대답 대신 턱으로 맞은편에 있는 두 청년을 가리켰다.

"저자들이 최 이사를 채권자들에게 다시 데리고 갈 사람들이오?"

백인홍이 묻자 최 이사는 고개를 끄덕였다. 백인홍은 술을 따라 찔끔찔끔 마시면서 두 청년을 노려보았다. 백인홍은 잔을 받침대에 탁 내려놓으며 상체를 바로잡았다.

"변형, 이리 오세요. 이리 와서 한잔해요."

변씨가 기다렸다는 듯이 일어나 백인홍 앞에 앉았다. 변씨는 술을 쭉 들이켜고는 닭똥집을 입에 넣고 우물거렸다.

"변형, 우리 한번 옛날로 돌아갑시다."

"좋지예."

변씨가 맞장구를 쳤다.

백인홍은 지갑에서 명함을 꺼내 변씨 앞에 내밀었다.

"우리 운동한 사람들은 서로를 믿으니까…… 손해는 내가 몇 배로 보상해줄 테니 부탁 하나 합시다."

"무슨 일인기요? 부탁만 하이소."

변씨는 신이 나서 말했다.

"쳐다보지는 말고 내 말만 들어요. 우리 맞은편에 있는 두 친구는 아주 나쁜 놈들이오. 자초지종은 나중에 설명하기로 하고…… 내가 저 친구들한테 시비를 걸어 난장판을 만들고 이곳을 나갈 테니 저 두 친구들을 피해 보상 문제로 좀 잡아둘 수 있겠소?"

"하입시다."

변씨가 어깨를 으쓱했다. 마누라 등쌀에 미칠 지경이던 차 마침 잘되었다는 태도였다. 백인홍은 고개를 돌려 두 청년을 노려보았다. 그의 시선을 느낀 두 청년은 뭐 저따위 새끼가 있어, 하는 태도로 백인홍의 시선을 맞받았다.

"야, 이 새끼들아. 왜 째려봐? 너희들 눈깔이 사팔뜨기야?"

백인홍이 취한 척 시비를 걸었다.

"취하면 곱게 취할 것이지, 너 이 새끼 왜 가만히 있는 사람한테 시비야?"

두 청년 중 한 사람이 귀찮다는 듯 대꾸했다.

"뭐 이 새끼? 젊은 놈들이 건방지게스리 나이 먹은 사람한테……. 너 나와, 이 새끼야."

백인홍이 자리에서 벌떡 일어났다. 두 청년이 따라 일어났다. 다음 순간 백인홍 앞에 놓인 소주병이 청년들 앞 음식 받침대에 던져졌다. 혼비백산해 일어난 그들을 향해 닭똥집 접시, 우동 그릇이 연거푸 날아갔다.

'최 이사, 나가요'라는 말과 함께 백인홍은 포장 덮개를 젖히고 밖으로 나갔다. 뒤따르는 최 이사를 쫓아가던 두 청년 앞을 어느새 변씨가 가로막았다.

"너희들 그냥 못 나가. 피해 보상 하고 나가."

변씨가 소리쳤다.

"이 늙은이가……."

두 청년이 변씨를 밀어젖혔다.

순간 꽈당, 꽈당 하고 청년들이 땅바닥에 메다꽂혔다.

밖으로 나온 백인홍은 어리둥절해하는 최 이사의 손을 이끌고 냅다 뛰기 시작했다. 잠시 후 지나가는 택시를 세우고 두 사람이 올라탔다. 백인홍은 차 속에서 재미있다는 듯 너털웃음을 터뜨렸고, 최 이사는 멍하니 그를 바라보고 있었다.

※

백인홍은 달리는 차 안에서 앞으로 해결해야 할 일을 떠올리며 다시 심각한 표정이 되었다.

"최 이사, 지금 이진범 사장과 황무석이 있는 곳으로 가야 돼요. 황무석 그놈이 이 사장 주권을 양도받으려고 할 거요. 우리가 빨리 가 말려야 해요."

"사장님 계신 곳을 아세요?"

백인홍은 고개를 끄덕였다.

그들이 탄 택시가 어둠 속으로 달려나갔다.

최 이사와 함께 살롱 '귀빈'에 들어서면서 백인홍은 손목시계를 보았다. 9시 30분. 이진범과 황무석이 만난 지 한 시간이 지났으니 분위기가 무르익기에 충분한 시간이었다. 수년 전부터 손님 대접을 할 때면 이진범과 마찬가지로 '귀빈'을 자주 이용했으므로 낯익은 멤버에게 부탁하여 살롱의 구석진 룸에 자리를 잡고 마담을 불렀다.

백인홍은 룸 안을 휘둘러보았다. 고급이 아니면서 고

급처럼 보이는 소파 세트와 탁자, 유리로 만든 가짜 크리스털 샹들리에, 깨끗하게 보이나 먼지와 오물투성이인 카펫, 그럴듯해 보이지만 실제로는 값싼 벽지……. 언제부터인가 그러한 살롱 룸에 앉아 억지로라도 취하게 되면 사람들은 한 사람의 인간으로서, 한 사람의 지식인으로서 지켜야 할 최소한의 도덕적 관념도 헌신짝처럼 팽개쳐버리고 어떤 짓을 해도 용서받는 면죄부를 받은 것처럼 여겨왔다.

망각의 터널이라고나 할까, 아니면 관용의 터널이라고 할까? 여하튼 이 안에서는 평상시에는 점잔을 빼는 정치인이 갑자기 '나한테 돈 좀 보내'라고 자연스럽게 얘기할 수도 있고, 집안에서는 근엄한 아버지가 주머니에 넣어주는 뇌물을 시침 뚝 떼고 받아챙길 수도 있고, 회사 내에서는 준엄한 기업인이 정치인에게 머리를 조아리며 아양을 떨 수도 있었다. 한마디로 이곳은 요지경 속이라고 할 수밖에 없었다.

"백 사장님, 안녕하세요?"

30대 초반의 젊은 마담이 룸으로 들어오면서 백인홍을 반겼다.

"김 마담, 오늘은 나한테 특별한 날이야."

"생일이세요?"

김 마담이 예의 그 생글거리는 미소를 띠며 아양을 떨었다.

"맞아. 생일이라고 할 수 있지. 오늘 저녁에 내가 새로 태어나게 되어 있으니까 말이야."

"어떻게요? 한국 제일의 재벌로요?"

"아니, 한국 제일의 독사로 태어나게 되었어. 그러니 나한테 잘하란 말이야. 잘못해서 물리면 즉사야."

"꿈틀대는 뱀은 여자를 흥분시키는 법이에요."

김 마담이 생글거리며 농으로 받았다.

"김 마담한테 부탁이 있어."

"무슨 부탁이에요? 백 사장님 부탁이라면 당연히 들어드려야지요."

"이진범 사장이 손님하고 여기 와 있지?"

"네, 한 시간 정도 됐어요."

"분위기가 어때? 술은 많이 했나?"

"그냥 괜찮은 것 같아요."

백인홍은 수표 몇 장을 꺼내 김 마담에게 내밀었다.

"이 사장과 같이 있는 손님한테 특별 서비스가 필요해."

"지금 누가 파트너인지 모르지만 이런 큰돈은 필요 없어요."

"아니, 그런 서비스가 아니라…… 김 마담이 방에 직접 들어가 나 왔다는 얘기를 하지 말고 어떻게든 그 손님을 고주망태가 되도록 만들어야 해. 앞으로 한 시간 내에. 김 마담이 직접 달라붙으면 그 손님 정도는 문제없을 거야."

"과찬이신데, 한번 해보지요 뭐. 제가 술병이 나 입원하면 백 사장님이 책임져야 돼요."

김 마담이 찡긋 윙크를 보낸 후 룸에서 나갔다.

"변씨라는 포장마차 주인은 괜찮을까요?"

최 이사가 걱정하는 투로 말했다.

"변씨는 투견이라서 문제없을 거요……. 내가 변씨를 울타리에서 빠져나오게 할 거요."

백인홍이 말하자 최 이사가 어리둥절해했다. 그 순간 백인홍은 동네 개집에 갇혀 있던 개의 줄을 풀어주며 다녔던 자신의 어린 시절을 떠올렸다.

백인홍과 최 이사, 두 사람은 위스키를 마시면서 이런저런 이야기로 시간을 보냈다. 처음에는 냉정을 잃지 않고 회사를 살릴 방도를 찾는 듯하더니 시간이 흘러 술이 취하자 최 이사는 넋두리를 늘어놓기 시작했다.

"저희 사장님은 사업하시기에는 너무 마음이 순진하세요. 황무석 같은 놈을 믿으시다니……. 그 새끼, 내 대가

리가 두 쪽이 나도 내 손으로 작살을 내겠어요."

"……."

"저희 사장님은 사업하시기에는 너무 센티멘털리스트예요. 아니, 로맨티스트예요."

"로맨티스트라니요? 최 이사나 나나 계집질 안 하는 사람 있어요?"

백인홍이 불쾌한 목소리로 말했다.

"그게 아녜요. 그런 계집질이 아니고요."

"그럼 연애를 한단 말인가?"

"모르셨어요? 대하실업의 진 사장 여동생과 열애에 빠진걸요."

"진 사장 여동생과요?"

"5년 전 그 여자가 미국유학 중일 때 저희 사장님이 만났나봐요."

"그래서요?"

"그 여자가 이혼하고 1년 전 미국에서 귀국한 뒤부터는 깊은 관계를 맺고 있는 것 같아요."

"그걸 어떻게 알았어요?"

백인홍은 그의 말이 믿어지지 않았다.

"황무석이 두어 달 전 술좌석에서 얘기했어요."

백인홍은 잠시 생각에 잠겼다. 술기운이 말끔히 가시

고 정신이 말똥말똥해졌다. 그렇다. 바로 그것이다. 모든 것이 황무석과 진성구의 음모다. 청천물산의 관세 포탈에 관한 정보를 수사기관에 제보한 것도 황무석과 진성구 측이고, 회사가 부도나게 뒤에서 조종한 것도 그들임에 틀림없다. 모든 것이 그들의 각본에 의해 진행된 인형극이었고, 이진범과 자신은 그들이 끄나풀로 조종하는 무대 위의 인형들이었다. 백인홍은 자리에서 벌떡 일어나 가쁜 숨을 내쉬었다.

"백 사장님, 왜 그러세요?"

앞에 앉아 있던 최 이사가 덩달아 일어나 백인홍의 얼굴을 살폈다. 핏기라고는 찾아볼 수 없는 백지장 같은 얼굴이 마치 송장 같았다.

"백 사장님, 약 사올까요?"

최 이사가 걱정스러운 표정으로 말했다.

"최 이사, 채권단한테 돌아가 주권은 협상대상이 안 된다고 말하세요. 황 이사는 내가 맡아 처리할게요."

백인홍이 단호하게 말했다.

"알겠습니다. 그럼 지금 채권단이 모인 곳으로 가겠습니다."

최 이사가 나가자 백인홍은 인터폰으로 김 마담을 찾았다. 김 마담이 지금 토하는 중이라 좀 있다 정신을 차리면 오겠다고 알려왔다. 술 실력이라면 서울 바닥에서 둘째가라면 서러워할 김 마담이 토할 정도라면 황무석은 어떤 상태일지 짐작이 갔다.

오늘 저녁 황무석을 기분 좋게 취하게 한 후 회유와 공갈을 적당히 섞어 하청 일을 얻으려 했던 원래의 계획을 바꾸기로 했다. 그들의 무서운 음모로 미루어 판단컨대, 황무석은 회유한다고 넘어올 사람도 아니고 단순한 뇌물 공여 정도의 공갈로도 씨가 먹히지 않으리라는 것을 백인홍은 확신했다. 자신이 평범한 짐승이 아닌 맹수, 단순한 뱀이 아닌 독사가 되어 황무석에게 죽기 아니면 살기로 달려들지 않는다면 황무석이 파놓은 함정에서 빠져나갈 수 없다는 것을 알았다. 그는 맹수나 독사가 되기로 마음먹었다.

11. 증오와 우정 : 이진범

- 황무석에 대해 커져가는 증오, 깊어지는 백인홍과의 우정.
- 증오심은 뛰어난 용기의 어머니다. 용기의 아버지는 공포심이다. 어머니와 아버지가 합쳐질 때 영웅이 탄생한다.
- 가족은 남자의 영원한 멍에다. 그 멍에로부터 해방되는 유일한 방법은 자신을 사랑하는 것이고, 자신을 향한 사랑은 가장 큰 인내를 필요로 한다. 삶 자체가 자기 자신을 싫어하게끔 하기 때문이다.

이진범은 9시 45분을 가리키는 손목시계에 슬쩍 시선을 주었다. 평상시에는 절제하던 김 마담이 오늘은 무슨 바람이 불었는지 황무석 옆에 찰싹 달라붙어 앉아 주거니 받거니 미친 듯이 마셔대더니 벌써 나가떨어졌고, 술이 세다는 황무석마저 인사불성인 상태라서 백 사장이 빨리 나타나주었으면 하는 마음뿐이었다. 뿐만 아니라 법망을 피해 다니는 처지에 한곳에 오래 앉아 있는 건 현명한 짓이 아닌 것 같았다.

"야, 이년아, 김 마담 어디 갔어?"

황무석이 인사불성인 상태에서도 옆에 앉은 아가씨에

게 김 마담을 찾았다.

"속이 좋지 않아 좀 쉬고 있나 봐요. 토하고 야단났어요."

그녀의 가슴을 우악스럽게 만지는 황무석을 피해 멀리 앉으며 아가씨가 말했다.

"술 파는 년이 그까짓 술 좀 마시고 토하면 어떡해?"

"조금만 기다리세요, 곧 올 거예요."

아가씨가 황무석을 달랬다.

"이 사장, 오늘 얘기 다 잘된 거지?"

황무석이 혀 꼬부라진 소리로 이진범에게 말했다.

"잘되고말고요."

이진범이 자신 있게 대답했다. 자신이 앞장서 과격한 채권자들을 다독거려주고, 회사가 정상으로 돌아서면 채권자들을 설득하기 위해 일시적으로 맡았던 주권을 이진범에게 돌려주겠다는 황무석의 제안은 충분히 설득력이 있었다.

"선배님께 어떻게 은혜를 갚아야 될지 모르겠어요."

이진범이 고마움을 표시했다.

"돈 많이 벌면 술이나 자주 사."

황무석은 소파에 상체를 옆으로 뉘었다.

이진범은 황무석을 만나기 전의 절망감이 덜어져 한결

마음이 가벼워졌다. 관세청 문제가 남아 있기는 하지만 황무석을 만나기 전에 생각했던 것처럼 사태가 절망적인 것 같지는 않았다. 황무석 말대로라면, 자신이 앞으로 6개월 정도 숨어 있는 동안 회사가 정상 궤도에 오르리라는 확신이 섰다. 더군다나 황무석이 책임지고 청천물산에 하청 일을 좋은 조건으로 주겠다 했고, 채권단이 당분간 이자 지급을 유보해주겠다니 회사가 정상화되기란 시간문제인 것처럼 보였다. 물론 채권액을 전액 상환할 때까지 회사의 주권을 채권단에 위임한다는 조건이 있긴 하지만, 채권단에게 호감을 살 만한 조건을 자신이 제시해두어야지, 채권단에게 무턱대고 기다리라고 할 수만은 없는 처지였다. 그러고 보니 황무석이 염치가 좀 없기는 하지만 사리에 어두운 사람은 아닌 것 같았다.

빨리 백 사장이라도 와야지, 술에 취해 드러누워 있는 사람을 그대로 두고 갈 수도 없고, 그렇다고 백 사장이 나타나기를 무작정 기다리기도 힘들었다. 황무석을 깨워 내가 백 사장 사정을 부탁해볼까, 하고 이진범은 잠시 저울질을 했다. 백 사장 사정이란 중단된 하청 일을 계속 맡게 해달라는 것이니, 황무석이 솔선해서 자신의 회사에 더 좋은 조건으로 하청 업무를 주겠다는데 백 사장 회사에 고의적으로 하청 일을 끊을 이유는 없었다. 아마

두 회사 직원들 사이에서 쓸데없는 오해가 생겨 그 결과 빚어진 일이려니 했다.

순간 문이 활짝 열리며 와이셔츠 차림인 백인홍의 떡 벌어진 앞가슴이 눈앞에 나타났다. 백 미터를 10초에 주파한 사람처럼 앞가슴이 오르락내리락 숨에 차 헐떡이고 있었다.

"아가씨들은 밖으로 나가."

두 아가씨를 향해 백인홍이 소리쳤다. 그들이 나가자 백인홍은 씩씩거리며 그 자리에 우뚝 서 있었다. 그런 그의 모습이 평소의 백 사장답지 않아 이진범은 어리둥절했다. 백인홍이 황무석을 턱으로 가리키며 큰소리로 말했다.

"황 이사 저 새끼 지금 자는 거야?"

이진범이 깜짝 놀라 얼른 손을 입으로 가져갔다. 황무석이 취해 곯아떨어졌지만 들을지도 모른다는 의미였다. 이진범이 자리에서 일어나 소주 냄새를 물씬 풍기는 백인홍을 이끌고 옆자리에 앉혔다.

"백 사장, 황 이사하고 얘기가 잘됐어."

이진범이 백인홍에게 조용히 말했다.

"무슨 얘기가 잘됐단 말이야?"

백인홍이 맞은편 소파에 곯아떨어진 황무석에게 시선

을 꽂아둔 채 퉁명스럽게 말했다.

"긴 얘기지만 간단히 설명하면, 채권단이 회사가 정상
화될 때까지 경영을 이끌어나가고, 채무 변제가 완료되
면 경영을 다시 나에게 넘겨준다는 거야."

백인홍이 어이없어하는 시선을 이진범에게 보냈다.

"그때까지 이자 지급도 유보하기로 합의하고, 황 이사
가 하청 물량 확보에도 최선을 다하겠다고 약속했어."

이진범이 다시 말했다.

"대신 주권을 양도해주고?"

"그래, 어떻게 알았어?"

둘 사이에 잠시 침묵이 흘렀다.

"그러니 말이야, 백 사장 회사 하청 일 주는 것도 황
이사에게 잘 부탁하면 문제가 없을 거야."

이진범이 말했다.

"뭐? 부탁하자고?"

백인홍이 이진범의 얼굴을 뚫어지게 보다가 '흐흐흐'
하고 괴기스러운 웃음을 흘렸다.

그때 옆으로 뉘었던 상체를 일으키며 황무석이 부스스
눈을 떴다. 다음 순간 황무석은 '억' 하는 소리를 내며 배
를 움켜쥐고 실내에 있는 화장실 쪽으로 비틀거리며 발
길을 옮겼다. 화장실 문이 닫히자 곧 뒤따라 백인홍이

화장실 안으로 들어갔다. 이진범이 어리둥절해 화장실로 가 문을 연 순간 소변기에 상체를 숙인 황무석과 그의 등을 두드려주는 백인홍의 모습이 보였다.

다음 순간 이진범은 자신의 눈을 믿을 수가 없었다. 그가 두 눈으로 똑똑히 본 장면은 바로 황무석의 입에서 쏟아지는 오물이 소변기 밑바닥에 닿기 전에, 백인홍이 순식간에 벌린 두 손에 담겨진 것이었다. 짧은 순간이었지만 영화의 슬로 모션처럼 그 장면은 이진범의 눈에 똑똑히 비쳤다. 그리고 곧이어 그 오물은 놀랍게도 백인홍의 입으로 옮겨졌다. 백인홍이 두 손으로 받은 오물을 자신의 입속으로 처넣었던 것이다. 이진범은 얼른 고개를 돌리고 그 자리에 털썩 주저앉았다.

"야, 이 개새끼야, 너 죽고 나 죽는 거야!"

백인홍의 울부짖음이 들려왔다. 그것은 사람의 소리라기보다 짐승의 울부짖음 같았다.

이진범은 순간 고개를 들었다. 오물로 코와 입 언저리가 엉망인 백인홍이 벽에 밀어붙여진 황무석의 멱살을 붙잡고 계속해 울부짖고 있었다. 황무석의 공포에 질린 얼굴 표정이 이진범의 눈에 잡혔다.

"우리 회사는 작살을 내고 이 사장 회사는 산 채로 삼키려는 걸 모르는 줄 알어? 이 ×같은 새끼야."

백인홍이 악을 썼다.

"백 사장, 무슨 짓이야?"

이진범이 얼떨결에 일어나면서 소리쳤다.

"이 사장은 가만히 있어. 이 새끼 내가 오늘 죽여버릴 거야!"

백인홍이 황무석의 목을 조르기 시작했고, 황무석은 금방 숨이 넘어갈 듯이 캑캑거리고 있었다.

이진범은 다급한 마음에 주위를 둘러보았다. 탁자 앞으로 가 탁자 위에 놓인 얼음통을 들었다. 그리고 화장실 안으로 쫓아 들어가 황무석의 목을 조이고 있는 백인홍의 머리를 내리쳤다. '악' 하는 소리와 함께 백인홍이 자신의 머리통을 두 손으로 감싸는 순간 황무석은 쏜살같이 화장실을 빠져나갔다. 와이셔츠 차림인 채 그대로 룸 밖으로 뛰어가는 황무석의 뒷모습이 보였다.

"백 사장, 괜찮아?"

머리를 두 손으로 감싸쥐고 꿇어앉아 있는 백인홍 옆으로 가 이진범이 근심 어린 어조로 말했다.

백인홍이 머리에서 손을 뗐다. 벌겋게 피가 묻은 손바닥을 무심히 보고 있었다.

"죽지는 말아야 할 텐데. 하기야 죽는 장소로는 술집 화장실이 최고지만 말이야."

백인홍이 중얼댔다.

"많이 다쳤나봐. 빨리 병원에 가야겠어."

이진범이 백인홍을 일으켜 세우려 했다.

"괜찮아, 수선 피우지 말고 머리가 얼마나 찢어졌는지 살펴봐."

이진범이 머리카락을 헤치고 상처 부위를 살펴보았다.

"많이 찢어진 것 같아. 빨리 병원으로 가야 해."

"머리에서 피가 났으면 큰 문제가 아니야. 피가 안 나면 속에서 터진 거고, 피가 나면 껍질이 터진 거야."

"그따위 소리 하지 말고 빨리 일어나."

"잔소리 말고 먹다 남은 위스키병 가지고 와."

이진범이 어물거리자 백인홍이 다시 소리쳤다.

"빨리 위스키병 가지고 오라니까!"

이진범이 탁자에서 가지고 온 위스키병을 받아 든 백인홍은 병을 입으로 가져가 병째로 꿀꺽꿀꺽 두서너 모금 마셨다. 그리고 난 후 그는 병을 자신의 머리 위로 가져가 상처 부위에 철철 부었다. 순간 '아' 하는 고통스러운 비명을 질렀지만 백인홍은 위스키를 한 방울도 남기지 않고 다 부었다. 머리 위에서 쏟아지는 위스키는 얼굴로 흘러내려 황무석이 토해낸 오물로 뒤범벅이 된 백인홍의 얼굴을 말끔히 씻어주었다. 백인홍은 고개를 좌우로 흔들었다.

"이 정도면 소독은 철저히 한 거겠지. 야, 이거 괜찮은데. 입으로 마시는 위스키보다 머리통으로 마시는 위스키가 더 좋은데."

근심 어린 표정을 짓고 있는 이진범과는 반대로 백인홍은 아무렇지도 않다는 듯 지껄였다.

"머리 상처가 아물지 않고 계속 그대로 벌어져 있으면 좋겠어. 이제부턴 머리로 술을 마시게……."

백인홍이 너털웃음을 터뜨리며 덧붙였다. 그런 그의 꼴이 너무나 우스꽝스러워 이진범도 덩달아 웃었다. 잠시 후 두 사람은 어깨동무를 하고 앉았다. 서로의 시선이 마주치자 두 사람은 또다시 실성한 사람처럼 웃기를 계속했다.

웃음이 조금 가라앉자 이진범이 백인홍의 얼굴을 물끄러미 보았다.

"위스키로 세수를 한 기분이 어때?"

이진범이 물었다.

"얼굴의 오물이 다 씻겼지?"

얼굴을 두 손으로 쓸어내리며 백인홍이 말했다.

"위스키로 얼굴을 씻어보기는 처음이야. 그 기분도 괜찮은데."

백인홍의 목소리에는 여전히 장난기가 묻어 있었다.

"백 사장, 왜 그런 짓을 했어?"

"……."

"왜 그 새끼가 토해내는 오물을 백 사장 입속에 넣었느냐고?"

"나도 몰라. 황무석의 입에서 오물이 떨어지는 순간 나는 두 가지 중 한 가지를 선택해야 하는 기로에 서 있었어. 황무석 입에서 나오는 오물을 내 손으로 받아 황무석 입으로 처넣든지, 아니면 내 입으로 처넣든지 결정을 해야 했어. 그것도 오물이 소변기 바닥에 떨어지기 전에 말이야. 시간적으로는 순간이었지만 정신적으로는 충분히 저울질할 여유가 있었어. 나는 황무석 입에서 나오는 오물을 내 입으로 처넣기로 했지. 그래야 황무석이 앞으로 겁을 먹을 것 같아서야. 오물이 황무석의 입과 소변기 바닥의 중간쯤에 도달한 그때 나는 어떤 확신에 이끌려 두 손을 내밀었지. 오물은 내 두 손에 받아졌고, 그래서 나는 그걸 내 입으로 가져간 거야."

"백 사장은 참 지독한 데가 있어."

"이 사장, 당신도 정신 차려. 당신도 좀 독하게 사는 법을 터득해야 되겠어. 이 사장은 바보야, 구제불능인 바보야."

"내가 바보래도 좋아. 일단 소파로 가서 앉아서 얘기하자."

"아니야, 여기에 그냥 앉아 있어. 여기가 이런 얘길 하기에는 안성맞춤이야."

"무슨 얘기?"

"이 사장이 바보라는 얘기 말이야…… 당신, 진 사장 여동생하고 관계가 있다면서?"

"누가 그래?"

"나만 몰랐지, 주위에서 다 알고 있었어."

"주위에 누가?"

"진 사장, 황 이사, 당신 회사의 최 이사."

"……그런데, 그게 어쨌다는 거야?"

"진 사장 여동생과 이 사장 두 사람의 관계가 모든 일의 원인이었어."

"원인이라니?"

이진범이 백인홍에게 되물었다.

"진 사장이나 황 이사 측에서 당신 회사를 관세청에

밀고했을 거야. 이 사장 회사를 부도내려고. 진 사장이
보관용 수표를 돌린 것도 이 사장을 파멸시키기 위해 의
도적으로 한 거고. 지금 황 이사 그 새끼는 이 사장으로
부터 주권을 이양받아 회사를 가로채려고 해. 모든 게
이 사장과 진 사장 동생의 관계를 알고 화가 난 진 사장
측의 음모일 거야."

　이진범은 화장실 바닥에서 일어나 세면대 앞으로 갔
다. 갑자기 세상이 거꾸로 돌아가기 시작했다. 모든 것
이 과연 자신과 진미숙의 관계 때문이었을까? 도저히 믿
어지지 않았다. 세면대 앞 거울에 비친 자신의 얼굴을
뚫어지게 응시했다. 거기엔 누가 보아도 틀림없는 서른
여덟 먹은 남자의 바보스런 얼굴이 있었다.

　이진범은 수도꼭지를 틀고 두 손으로 물을 받아 얼굴
을 문질렀다. 그러기를 계속하는 동안 그는 관세청 문제
가 일어났던 다음날 새벽 황무석 집에 찾아가 그를 만났
을 때, 자기가 얘기해주지도 않았는데 황무석이 이미 원
자재 장부가 압수되었다는 사실을 알고 있었다는 사실
을 떠올렸다. 또한 진성구가 자신과 약속한 장소에 나타
나지 않은 점과 회사의 주권을 확보하려는 황무석의 집
요한 태도가 떠올랐다. 그렇다. 백 사장 말대로 모든 것
이 음모임에 틀림없었다. 아! 앞으로 어떻게 살아나가야

하지?

그는 거울을 다시 쳐다보았다. 거울 앞에 놓인 컵을 집어들고 거울을 향해 힘껏 던졌다. 그러나 바보의 모습은 완전히 지워지지 않고 깨어진 거울 유리조각 사이에 여전히 남아 있었다. 다시 또 다른 컵을 든 순간 뒤에서 백인홍이 그를 힘껏 껴안았다.

"이 사장, 왜 이래? 이 사장, 진정해. 정신 차리란 말이야."

백인홍은 발버둥치는 이진범을 번쩍 들고 화장실을 나와 소파에 앉혔다. 백인홍이 그의 어깨를 감싸주었다.

"모든 일이 다 잘 풀릴 거야. 시간이 흐르면 다 잊어버릴 수 있을 거야."

시간이 흘러갈 수 있을까? 이진범이 마음속으로 질문을 던졌다. 왠지 모르나 이 시점부터 그의 머릿속에 있는, 그의 가슴속에 새겨진 시간은 움직이지 않을 것 같았다.

"이제 어떡하지?"

이진범이 고개를 숙인 채 중얼거리듯 말했다. 잠시 침묵이 흘렀다.

"나를 파멸시키려는 자들을 어떻게 상대하지? 그렇게 막강한 자들을……."

이진범이 두 손으로 머리를 감싸며 말끝을 흐렸다.

"막강하지만은 않아. 그자들에게도 아킬레스건이 있어. 그곳을 찾아서 물고늘어지면 돼."

이진범의 어깨를 껴안은 팔에 살그머니 힘을 주며 백인홍이 말했다. 다시 침묵이 흘렀다. 놀랍게도 다음 순간 그러한 침묵은 안쓰러움으로 탈바꿈을 해, 이진범의 가슴에 파고들어왔다. 회복될 수 없는 철저한 파멸을 가져다준 진미숙의 모습이 보였다. 그녀가 짓는 슬픈 미소, 그녀의 쑥스러워하는 나신, 그리고 그녀의 입에서 새어나오는 환희의 신음 소리…… 모두가 비극의 냄새를 풍기고 있었다.

"자수해야겠어. 바로 이 길로…… 모든 걸 운명에 맡기는 수밖에……."

이진범이 고개를 들며 말했다.

"무슨 소리야? 포기하지 마. 다른 방법이 있을 거야."

백인홍이 잠시 생각에 잠기는 듯했다. 잠시 후 백인홍은 자신의 무릎을 쳤다.

"이 사장, 이렇게 하면 어때? 미국에 가 있는 거야. 아직은 출국 정지는 되어 있지 않을 것 같아. 거기서 사업을 새로 시작하는 거야."

"무슨 사업을?"

"미국에서 섬유류를 현지 판매하는 거야. 이곳에서 내가 대준 물건을 가져다 이 사장이 그곳에서 값을 제대로 받고 큰 도매업자에게 납품을 하는 거지. 내가 언젠가 그렇게 하려고 했어. 그래야지만 회사가 클 수 있거든. 하청 일만 해가지곤 회사를 키울 수 없잖아?"

"내 가족들은 어떡하지?"

이진범이 중얼거리듯 말했다.

"우리 가족하고 같이 살면 돼."

"언제까지 그럴 순 없잖아?"

"일이 해결될 때까지야. 1년이 걸릴지 2년이 걸릴지 모르지만……."

"글쎄…… 생각해봐야겠는데……."

"생각할 시간이 없어. 나를 믿고 그렇게 해. 내일 아침 일찍 비행기를 타고 미국으로 가."

"……."

"자, 일단 여기서 나가지."

백인홍이 자리에서 일어났다.

"백 사장 말대로 할게."

생각에 잠겨 있던 이진범이 따라 일어나며 말했다.

"잘 결정했어. 내일 아침에 여비를 보낼게. 오늘은 호텔에 들어가 쉬어. 아주머니를 호텔로 보낼 테니 하룻밤

같이 지내."

"아니, 그럴 필요 없어. 애엄마한테는 아무 말도 하지 마. 내가 미국에 가서 전화할게……. 잠깐 기다려봐."

이진범이 쪽지에 뭔가를 쓰기 시작했다.

잠시 후 이진범이 백인홍에게 쪽지를 주고 자리에서 일어났다.

"이 편지를 권혁배 의원에게 전해줘. 진 사장이 한 짓에 대한 나의 복수야. 권 의원이 좋아할 거야……. 자, 나가지."

이진범으로선 이 편지가 후에 자신과 진미숙에게 어떤 평지풍파를 일으킬지 전혀 상상할 수가 없었다. 두 사람은 살롱 문을 나서 침묵 속에 밤의 어둠 속으로 발길을 옮겼다. 백인홍의 손에는 황무석이 두고 간 그의 윗도리가 들려 있었다. 이진범이 미소를 지었다.

"황 이사에게 윗도리를 가져다주려고?"

황무석의 윗도리를 손에 들고 있는 백인홍을 보며 이진범이 물었다.

"물론 가져다줘야지. 한데 한꺼번에 주는 게 아니야. 팔 한 짝, 깃 한 쪽, 주머니 한 개. 하나하나씩 보내줄 거야. 오늘 일을 잊어버릴 때쯤이면 황 이사가 하나씩 받아보고 겁을 집어먹을 거야."

이진범은 쓸쓸한 미소를 지으며 생각에 잠겼다. 악마의 길로 들어선 백 사장, 어떤 인생이 백 사장 그의 앞에 놓일까? 증오 · 자학 · 냉혹 · 과욕으로 얼키설키 이어질 그의 인생은, 그 인생이 파멸을 용케도 피하고 엄청난 부를 가지고 온다 해도 위선과 거짓으로 얼룩질 것이다. 그런 인생의 뒤안길에는 견딜 수 없는 고독이 기다리게 마련일 텐데, 그 고독이 그에게 지껄일 것이다.

'너는, 백인홍 너는, 사랑해야 할 사람들을 사랑하는 대신에 나 고독을 사랑했고, 가까운 친구들을 가까이하기보다 나 고독을 가까이했고, 훈훈한 단란함을 즐기기보다 나 고독을 즐겼으니, 내가 너에게 운명 지어주겠노라……. 고독 속에 살다 고독 속에서 네 인생이 끝을 맺을 때, 너의 죽음을 슬퍼해 악어의 눈물을 뚝뚝 떨어뜨릴 자는 많을지 모르나 마음의 눈물을 흘릴 자는 아무도 없게 하겠노라.'

"악어가 눈물을 흘릴까?"

이진범이 옆에서 침묵 속에 걷고 있는 백인홍에게 불

쓱 말했다.

"악어가 눈물을 흘린다면 그건 음흉한 눈물일 거야……."

백인홍이 말했다.

"왜 악어의 눈물을 흘리고 싶어?"

백인홍이 다시 물었다.

"아니…… 그냥 궁금해졌어."

그들은 번쩍번쩍 명멸하는 호텔 네온사인을 지나치고 있었다. 백인홍이 걸음을 멈추었다.

"이 사장, 이만 호텔에 가서 쉬는 게 어때?"

앞서가던 이진범이 뒤를 힐끔 돌아보다 다시 발길을 옮겼다.

"오늘 밤은 그냥 걷고 싶어. 뚜렷한 목적지 없이 밤길을 걸어보긴 18년 만에 처음이야. 대학 시절 어느 겨울 밤 이후로 처음이야."

이진범이 앞을 보고 걸으며 뒤따라오는 백인홍에게 말했다.

"그날 밤에 무슨 일이 있었는데?"

백인홍이 물었다.

"그날 밤은 여대생을 만났지. 순진하고 예쁜 여대생을……."

"그 여대생을 지금 생각하고 있어?"

"아니, 그 여대생의 인생을 망쳐버린 한 불쌍한 남자를 생각하고 있는 중이야."

"그 여대생이 지금의 와이프인가?"

백인홍이 다시 물었다.

"……."

"이 사장, 괜히 센치한 척하지 말고 호텔로 가 있으면 내가 아주머니를 보낼게. 내일 떠나니 오늘 밤은 같이 지내야지."

"아니야, 안 보는 게 좋아. 와이프한텐 아무 말도 하지 마. 내가 미국에 도착해서 전화할게. 우리 여기서 헤어지고 내일 아침 만나."

"그럼 내가 이 사장하고 같이 밤을 지낼까?"

"그런 소리 하지 마. 자, 여기서 헤어져."

이진범이 손을 내밀자 백인홍은 마지못해 내민 손을 잡았다. 뒤돌아서서 걸어가는 이진범의 뒷모습이 골목길로 사라질 때까지 백인홍은 그곳에 서 있었다.

이진범은 다음날 아침 백인홍의 배웅을 받으며 예정대로 미국으로 떠났다. 이진범의 충혈된 눈이 지난밤 한숨도 못 잤다는 것을 말해주고 있었다.

전날 밤 늦게 백인홍과 헤어진 후 아침까지 이진범이 무슨 일을 했는지 아는 사람은 아무도 없었다. 사실 그는 밤새 내내 혼자서 이곳저곳 서울의 밤거리를 걸어다녔다. 계동의 주택가 좁은 골목길, 창경궁 앞 거리, 동숭동의 대학로를 거쳐 서울운동장 앞, 장충동 로터리의 돼지족발집, 한강시민공원을 지나 마지막으로 구반포 아파트 근처를 서성거릴 때 날이 밝아왔다. 어디서나 그는 외롭지 않았다. 어느 곳에서나 그의 과거가 머릿속에서 살며시 되살아나 그와 함께 있어주었다.

아내가 결혼 전에 살던 계동 집 앞에서는, 사귀기 시작한 지 얼마 안 되어 늦은 밤 집에 데려다주면서 그곳에서 덥석 입술을 훔쳤을 때 토라진 표정을 지어 보이던 여대생 아내의 얼굴이 떠올랐다.

동숭동 대학로를 거닐면서는, 한잔 막걸리에 객기를 부렸던 자신에게 애정 어린 눈길을 보내던 꿈 많은 아가씨였던 아내의 모습이 그려졌다.

그리고 서울운동장 앞에서는, 파란 하늘에 솟구치는 야구공을 보며 환호성을 지르던 천진난만한 약혼녀였던 아내의 웃음소리를 들었고, 장충동 돼지족발집 앞에서는, 돼지족발을 뜯으며 약혼녀에게 장밋빛 미래를 털어

놓던 자신감에 찬 15년 전 자신의 모습이 떠올랐다.

그리고 한강변을 거닐면서는, 결혼 전 아내와 자신의 대화가 다시 들려왔다.

결혼하면 어디서 살까? 누가 결혼한다고 했어. 아니, 내가 청혼을 한다면 승낙 안 할 거야? 누구 맘대로? 내 마음대로지. 자기는 어떻게 매사에 그렇게 자신이 있어? 남자는 자신감을 빼면 허수아비야!

그렇도록 자신에 찬 청년이 다음 순간 그의 머릿속에서 의젓한 아버지가 되어 있었다. 강보에 싸인 큰딸 진희를 처음 받았을 때, '이것이었구나, 바로 이것이었구나, 온 세상을 품속에 안은 기분이라는 게 바로 이런 것이었구나'라고 환호성을 질렀던 과거를 떠올리며 그는 미소 지었다.

그리고 그는 반포대교 위를 걸으며 시간을 보내었다. 그때 그는 혼자가 아니었다. 그의 옆에서 과거가 따라오며 달콤한 목소리로 대화를 엮어나갔다.

"애기 봤어요?"

아내의 목소리가 들려왔다. 둘째딸 진미가 태어났을 때 아내가 한 첫마디였다.

"봤어. 둘째도 진희만큼 예쁜 것 같아."

"이번엔 누굴 닮았어요?"

"당신."

"의사가 언제 퇴원할 수 있대요?"

"사흘 후쯤."

"내일 퇴원할 거예요."

"왜?"

"또 딸을 낳아서 아버님한테 염치가 없어요."

"그런 소리 마. 우리는 아버지 때문에 사는 게 아니야."

그는 아버지 때문에 살진 않았어도 아버지가 돌아가셨을 때 누구보다도 섧게 울었음이 기억되었다. 옆에서 따라오는 과거가 다시 목소리를 내었다.

"너무 상심하지 마세요. 누구나 한번은 당하는 일이에요."

아버지가 돌아가신 날 서럽게 우는 자신을 위로하는 아내의 말이 들려왔다.

"단지 아버지가 돌아가셨기 때문만이 아니야."

"그럼 무엇 때문이에요?"

아내가 묻는 소리가 들려왔다.

"내가 아무리 나쁜 짓을 해도 내 편이 되어줄 부모님 중 한 분을 잃어버렸기 때문이야."

"어머님도 계시고, 우리 가족도 있잖아요. 저는 언제

나 당신 편이에요. 진희·진미도요."

그럴까? 정말 그럴까? 진희·진미가 항상 아버지 편일까? 그 순간 그는 1주일 전 어느 날을 기억했다. 자매끼리 다툰다고 아버지에게 꾸중을 듣고 온 세상이 무너져내리는 것 같은 표정을 짓던 진희의 모습이 떠올랐다. 그때 그는 처음으로 깨달았다. 아버지의 품속에 '온 세상'을 안겨주었던 그 자랑스럽던 갓난아기가 어느새 세월이 흘러 이미 어엿한 소녀가 되었다는 것을. 아! 진희의 웃는 모습을 보고 떠날 수 있다면!

그리고 그는 진미의 원망에 찬 눈초리를 기억했다. 누구보다 사랑하는 사람에게서 서러움을 받았을 때 짓는 여자의 눈초리, 그런 눈초리가 아내의 가슴속에도 숨겨져 있으리라는 것을 그는 알고 있었다. 그의 가슴에 통증이 찾아왔다.

마지막으로 구반포 아파트 12동 5층, 불 꺼진 창문을 멀리서 보며 그는 시간을 보냈다. 그는 그곳에서 백인홍 사장 아파트 어느 방에 잠들어 있을 아내와 딸 진희·진미의 체온을 느끼고 고른 숨소리를 들었다.

먼동이 트기 시작했을 때 그는 중얼거리고 있었다. 도대체…… 도대체…… 내가 이 여자들의 인생을 무슨 권리로 이렇게 망쳐버렸지? 순간 그는 울먹이기 시작했다.

보이지 않는 아내와 딸들에게 눈물을 보이지 말아야겠다는 마음에 얼른 뒤돌아섰다. 손등으로 눈물을 닦으며 뛰어갔다. 뛰면서 그는 자신의 진정한 정체를 발견했다. 자기가 잘못해놓고 눈물만 징징 짜는 울보, 어리석은 바보가 바로 자기 자신임을 알았다.

〈제3부에서 계속〉

『거품시대』와의 대화

김윤식(서울대학교 국어국문학과 명예교수)

객 : 안녕하십니까? 안경이 더 두꺼워진 것 같군요. 이 확대경은 또 무엇입니까?

주 : 사전 때문입니다. 난시와 원시가 겹쳐 있어서.

객 : 인쇄문화란 아무래도 안경과 관련이 깊겠지요. 오늘날과 같은 영상문화 시대에 대한 선생의 견해는 어떠신지요?

주 : 미국의 극작가 아서 밀러의 견해와 비슷합니다. 색이나 그림의 세계(매체)란 언어 매체에 비하면 단세포적 또는 저차원적이라 할 수 없을까? 말 못하는 갓난아기도 그런 것에 반응하지 않겠는가? 언어(문자)의 세계란 훨씬 고급이자 고도의 지적 발달에 관련된 것이 아닐까? 지적이라서 더 훌륭하다는 것이 아니고, 범주가 그렇다는 뜻입니다.

객 : 선생의 문학에 대한 집착의 근거로 그 점에서 짐작이
　　 갑니다. 그렇다면 활자로 된 문학에서도 등차가 있지
　　 않을까요? 가령 순문학과 대중문학이라든가, 문단문
　　 학과 신문소설이라든가 등등.

주 : 이런 저런 논의가 있을 수 있겠지요. 신문소설이 활
　　 자문화 쪽에 서 있음만으로도 그 우뚝함이 있지 않을
　　 까? 영상으로 포위된 이 시대에서 말입니다. 그렇다
　　 고 신문소설과 문단소설의 차이가 없다고는 할 수 없
　　 지요. 신문소설이 텍스트 범주라면 문단소설은 작품
　　 범주라 할 수 있습니다. 신문소설에는 반드시 삽화가
　　 있지 않겠는가? 삽화와 또 다른 여백이 있고 그 옆
　　 에는 광고물도, 그리고 정치 · 생활 · 건강 등에 대한
　　 기사도 함께 있지 않겠는가? 그러한 일상성(정치성)
　　 과 신문소설이 함께 있음이란 곧 그것이 '열려 있음'
　　 이 아니겠는가? 이 '열려 있음'을 통해 신문소설 속으
　　 로 독자들이 멋대로 들어갔다 나왔다 할 수 있을 뿐
　　 아니라, 삽화만 보고도 그 회분을 다 읽었다고 할 수
　　 있는 일이 벌어집니다. 주인공의 대화 한 토막만 읽
　　 어도 상관없는 노릇. 곧 독자는 소설을 읽되, 그것을
　　 자기 멋대로 읽을 수 있습니다. '열려 있음'이기 때
　　 문. 이를 바르트 식으로 말하면 텍스트의 쾌락이라

부르는 것입니다.

객 : 문단소설이란 '폐쇄된 구조' 곧 작품성으로 규정된다
는 뜻입니까? 완결된 구조이기에 독자는 이 완결성에
서 자유롭지 못하다는 것. 대체 독자를 제압 · 지배 ·
구속하고자 달겨드는 그 작품성이란 무엇입니까?

주 : 완결성이라든가 폐쇄성이란 시작 · 중간 · 끝이 있다
는 것, 그러니까 스스로 독립된 사물이라는 것. 다시
말해 타자성으로 존재하는 것이지요. 그러기에 작품
성은 우리와 맞서고, 우리를 위협하는 것. 우리가 이
에 대면할 힘이 모자라면 질 수밖에 없는 것이지요.
대결에서 비로소 긴장이 생기는 바, 이 긴장의 자장
(磁場)을 두고 독서 행위라 부르는 것입니다. 그 자장
에서 생기는 불꽃이 바로 삶의 진실이랄까, 미적 인
식이라 부르는 것이 아닐까?

객 : 그렇다면 신문소설이란 이중적이라 할 수 없을까요?
연재 도중의 그것은 열려진 구조로서, 이른바 텍스트
의 쾌락에 노출되지만 일단 연재가 끝나 단행본으로
묶이면 돌연 '작품성'으로 둔갑하는 것이 아니겠습니
까. 우리가 알기로 춘원의 「무정」(『매일신보』, 1917년)
은 물론 염상섭의 「삼대」(『조선일보』, 1931년), 이기영
의 「고향」(『조선일보』, 1933~34년), 벽초의 「임꺽정」

(『조선일보』, 1928~39년) 등등 우리 근대소설의 대표
작이라 부르는 작품들이 모두 본래 신문소설 아닙니
까? 당대의 독자가 아닌 그 뒤의 독자들은 이것들을
작품성으로 대할 수밖에 없지요.

주 : 맞습니다. 그러나 그러한 이중성이 보장되는 작품
은 아주 예외적이라 할 수 없을까? 방춘해의 「마도
의 향불」(『동아일보』, 1932~33년)을 비롯하여 많은 사
례를 들 수 있습니다. 그렇더라도 이들 작품은 그 일
차적 임무를 훌륭히 수행한 것으로 볼 수 있지요. 당
대의 유행에 대한 감각, 풍속에 대한 신기함의 추구,
흥미에 대한 집착, 적당한 반항과 보수적 해결, 그리
고 평이한 문장 등을 통해 우리에게 주는 위안이야말
로 그것이 맡은 바 몫이었던 것. 풍속성(시사성)이 풍
부해야 하고, 대중적 공감을 얻어야 하며, 가정적이
어야 하는 것, 이것이 신문소설의 5대 조건 아니겠는
가? 일본의 대중작가이자 『문예춘추』의 창업주인 기
쿠치 히로시(菊池寬)의 말이 문득 떠오릅니다. "문예
비평가 따위가, 그대가 쓰는 신문소설이 너절하다고
지적해도 작가는 눈썹 하나 까딱할 필요 없다. 그러
나 의무 교육을 받은 정도의 독자로부터 그대의 문장
이 너무 어렵다고 항의를 받으면 그대는 응당 솜씨

없음을 부끄러워해야 한다"라는.

객 : 그러한 텍스트로서의 평가는 특정 신문소설의 연재가 진행되는 동안 이루어지는 것이라 보아야 되겠군요. 적어도 중도하차하지 않았다면 말입니다. 독자의 항의라든가 인기도에 따라 중단되기도 연장되기도 할 것입니다. 이로써 그 임무는 다 한 셈 아닙니까? 연재가 끝나고 이를 단행본으로 묶었을 때, 선생의 논법으로 하면 작품성으로 따지는 일이 비로소 가능해지겠지요. 요컨대, 일단 성공한 작품을 다른 시각에서 검토한다는 것 아닙니까?

주 : 작품으로 읽는 일이 그것. 처음·중간·끝이 있음으로써 비로소 완결성이 검토될 수 있지요. 처음이란 무엇인가? 그 앞에 절대로 무엇이 와서는 안 되며 그 뒤에 절대로 무엇이 와야 하는 것. 중간이란 무엇인가? 그 앞에 절대로 무엇이 와야 하며 그 뒤에도 절대로 무엇이 와야 하는 것. 끝이란 무엇인가? 그 앞에 절대로 무엇이 와야 하며 그 뒤에 절대로 무엇이 와서는 안 되는 것. 아리스토텔레스의 「시학」이 발견한 최대의 원리가 이 점이 아닐까? 플롯과 필연성의 개념이 그것. 이 필연성이 성격이라든가 주제(사상)에 직접 또는 간접으로 연결되어 있고, 따라서 작품

의 시원(始原)이 반드시 문제점으로 가로놓이게 되지
요. 뿐만 아니라 문학사적 질서도 커다란 힘으로 간
섭해 들어오는 것입니다.

객 : 이제 겨우 『거품시대』를 논의할 거점이랄까 통로가
보이는군요. 『거품시대』를 작품으로 읽을 때 제일 난
감한 것이 문학사적 질서 감각이랄까 어떤 관습과의
이질감이 아닐까요? 소재상으로 보아 특히 그러하지
요. 재벌 소설이나 기업가 소설이라 불러도 될지 모
르겠으나, 좌우간 이러한 소재란 우리 문학의 주류랄
까 중심부라는 사회적 소재(요약된 소재가 곧 주제)이
든가 아니면 개인의 운명(內省)에 관한 것으로 요약
될 수 있습니다. 기업 또는 재벌을 소재로 한 작품은
거의 없었지요. 이유는 일목요연한 것. 작품의 경우
작가란 그 작품의 시원인 까닭이지요.

주 : 좋은 지적이군요. 작품 또한 작가의 시원이기도 하겠
지요. 지금껏 우리 문학에선 작가란 지식인 범주였다
할 것입니다. 이광수 · 채만식은 물론 이상이라든가
최명익이 그러하였고, 김동리도 이호철도 손창섭도
그러했지요. 이문구도 황석영도 오정희도 그러하지
않았던가? 지식인이란 무엇인가? 권력층이나 기업
측에 고용되어 생계를 유지하면서도 '진실(지식의 한

부분)'을 지키고 선양하는 계층을 일컫는 것. 만일 그 권력층이나 기업 측이 부정을 저지른다면 어떻게 해야 할까? 고발하거나 저항하면 생계에 위협이 오고, 묵살하면 '진실'에서 멀어지지 않을 수 없는 것. 이러지도 저러지도 못하는 자리에서 울리는 소리, 몸부림치기가 우리 문학의 한쪽 기둥이었지요. 1980년대에 접어들어 근로자들의 글쓰기도 시도되었고, 그 점에서 지식인이 아닌 시각에서의 소설의 가능성이 없지는 않았으나, 일시적인 현상이 아니었을까? 여전히 지식인의 시각에 흡수되고 만 것이 아니었을까? 한편 내성 소설이란 것도 지식인의 전유물이 아니겠는가? 요컨대 지식인은 근로계층(생산수단을 갖지 않은 자)도, 생산수단의 소유자인 부르주아지도 아닌 계층이지요.

객 : 르포 범주가 아닌 한, 진짜 노동자 소설도 진짜 부르주아 소설도 나오기가 어렵다, 그러니까 지식인의 시각에서 본 노동 소설, 부르주아 소설밖에 접할 수 없다, 라고 할 때 아마도 이 말 속엔 선생의 지론인 체험(기억)과 소설의 불가분리설이 깃들여 있겠지요. 이른바 '순금 부분'이라는 것 말입니다.

주 : 소설이란 서사시나 희곡과는 달리 '시간'이 개입된

예술 형태라는 것. 부르주아(시민 사회)의 욕망 체계에 대응된다는 것. 그러기에 기억 속에서만 완벽하게 성립된다는 것을 염두에 둔다면, 르포라든가 남의 대리 감정을 적어낼 수 없지요. 도금한 무쇠냐, 순금 부분이냐의 비유가 이에서 말미암는 것입니다.

객 : 『거품시대』의 소재상의 강점이 인정된다는 뜻이겠군요. 지식인 일변도의 우리 소설계에 기업소설이라는 것이 작가 홍상화 씨에 의해 가능해졌다 함은 『거품시대』 속에 선생께서 말하는 그 순금 부분이 어느 수준에서 깃들여 있다는 의미가 아니겠습니까? 어떤 부분이 그러할까 하는 점이 궁금합니다.

주 : 이 작품에서 먼저 우리가 할 일은 거품부터 걷어내는 작업이 아닐까? '거품 경제'라는 말이 먼저 있지 않았던가? 흑자 수출로 세계 경제를 제패할 듯하던 일본 경제도 알고 보니 거품 경제였던 것. 달러 결제 속의 허풍에 지나지 않았다고 스스로 비명을 지른 바 있음은 모두가 아는 일. 그 영향 아래서 어떤 면에서는 허풍을 떨던 우리 경제도 거품스럽지 않았던가?

객 : 거품 경제라는 비유보다 '거품시대'라는 것이 우리에겐 좀더 직접적이었다는 말씀이군요. '시대'란 역사적 개념이니까. 그 시대를 지난 처지에서 바라본다는

점에서 특히 그러하지요. 군사 독재가 이끌어가던 경제이자 정치였지만 일단 그것이 어느 수준에서 종결된 마당이기에 거품스러움은 당연히도 풍자의 대상일 수밖에 없는 법. 거품이 걷힌 시점에서 거품스런 시대를 바라본다면, 그 시대를 산 사람들 본인들은 어느 시대의 인간처럼 비극적이겠지만, 밖에서 바라보는 사람의 처지에서 보면 영락없이 희극적이지요. 『거품시대』의 제일차적 작품 성격이 이로써 규정되겠군요.

주 : 거품이 이제 조금 걷힌 셈입니다. 제1~2부가 1988년 봄, 그러니까 88 서울올림픽 개최를 몇 달 앞둔 시점에서 비롯하여 제3~4부는 1989년의 가을, 제5부는 1990년의 겨울 아닙니까? 약 3년간의 시대가 배경이지요. 제6공화국 전성기지요. 이 기간 속의 가장 거품스런 곳이 어디일까? 곳곳이겠지요. 그중에서 비교적 시대적이자 대중적인 곳이 정치판이 아니겠는가? 그다음 순번이 경제 분야일 터. 정경유착이 경제의 실상이라면 이 두 가지의 동시적 수용상을 보여줌이란 제일가는 시대적 · 대중적 흥미 영역이라할 수 없겠는가?

객 : 그 대중성의 핵심이라 할 정경유착 중 경제 쪽의 거

품스러움을 소재로 삼았음이 이 작품의 대중성 확보의 근거이자 그 최강점이다. 다시 말해 정경유착 속 경제 쪽의 거품스러운 성격이 군사 독재에서 특권적으로 증폭되었다는 것이군요.

객 : 그렇다면 좀더 거품을 걷어내볼까요. 조금 앞에서 '순금스러운 부분'이라 하지 않았습니까? 작가가 제일 잘 아는 부분이 이에 해당되는 것입니다. 정경유착 속의 경제에 대해 체험적 수준에서 갖고 있는 기억이란 무엇인가를 묻는 일이 이에 관여됩니다. 작가 홍상화 씨가 갖고 있는 기억이 그것이지요. 문득 선생께서 입버릇처럼 말하는, '기억이 나다'라는 명제. '체험이야말로 작가의 자질이다'라는 명제를 떠올립니다. 좀더 자세히 말해볼까요. 『거품시대』가 아무나 쓸 수 있는 소설이 아니라는 것, 대중성의 최상위에 속하는 정경유착의 한국적 현상을 다룰 수 있다 함은 홍씨만이 가진 '자질'이 아닐 수 없다는 것. 맞습니까?

주 : 맞습니다. 1988~90년까지(햇수로는 세 해이나 실제로는 약 2년 8개월 동안)란 시대상으로는 6공화국에 지나지 않습니다. 그렇지만 작가 홍씨에게 있어 거품스런 시대 인식이란 이런 숫자상의 것이 아니지요. 주

인공 진성구 · 이진범 · 백인홍 · 권혁배 등의 나이에
관련됩니다. 38세에서 40세에 걸쳐 있지 않겠는가?
인생의 황금기에 해당하는 나이. 이 황금기에 이른
핵심 인물들의 삶의 방식이란 무엇인가? 이 물음에
서 작가 홍씨만큼 유력한 존재를 찾기는 어렵습니다.

객 : 선생께선 설마 이 작품에 나오는 중소기업인이든 대
기업인이든 그들의 생태랄까 경영방식이랄까 사고방
식 등의 전문성을 문제삼고 있지는 않겠지요. 제1부
시작부터 무수히 되풀이되는 비자금 조성 방식 같은
것.

가령 중소기업 수준인 청천물산 사장 이진범의 비자
금 조성 방식은 수출용으로 들여온 원자재를 시중에
내다 파는 짓이었지요. 대 · 소기업을 막론하고 이 짓
안 해먹은 기업이 있었던가? 대기업인 대하실업의
경우는 어떠한가? 창업주 진규식 회장의 눈이 시퍼
렇게 살아 있는 마당이기에 그 아들인 진성구가 아비
몰래 해치우는 거액의 비자금 조성 방식은 하청업체
의 도급 입찰에서 감쪽같이 뜯어내는 수법이더군요.
세무사찰이다 뭐다 하는 일들의 진행 과정이라든가,
진씨 집안의 혼사를 통한 정치권과의 관계 구축, 여
당 거물 정치가나 청와대의 경호실 떨거지들과의 접

촉 등등이란 선생의 지적대로 지식인 소설 위주의 우리 소설계에서는 과연 낯선 장면들이지요. 그렇기는 하나 그게 어쨌다는 것입니까? 그런 소재란 부지런하기만 하면 세무서 직원으로부터도 들을 수 있지 않습니까? 르포 작가라면 누구나 할 수 있는 것. 또 그런 지식이란 이미 세상이 다 아는 것 아닙니까? 작가 홍씨가 기업가 출신이라는 것과 이 문제는 별개라 볼 수는 없을까요?

주 : 그렇지 않아요. 작품의 시원이 작가이며, 작가의 시원 역시 작품입니다. 쓰고 싶은 것을 쓰는 작가는 없는 법. 다만 그가 '쓸 수 있는 것'을 쓸 따름입니다. 쓸 수 있는 것이란 자기만이 제일 잘 아는 체험(기억)의 영역뿐. 그때 그가 제일 잘 쓸 수 있지요. 여기서 "제일 잘 안다"에는 설명이 없을 수 없는데, 기업 관계에 대한 체험이나 기억이야 작가 홍씨보다 몇 배로 더 풍부한 기업인이 수두룩하겠지만 적어도 문학판에서는 홍씨가 제1인자라는 뜻입니다. 그렇다면 홍씨만이 제일 잘할 수 있는 체험(기억)이란 무엇인가? 이것은 문학적 물음입니다. 곧, 누구나 상식으로 아는 저 비자금 조성 방식이라든가 골프장의 사교술, 또는 한결같은 계집질하기 등등이 이 작품에서는 생

리화되어 있다는 사실이 그것입니다. 지식의 수준이 아니라 생리화되었음이란 새삼 무엇인가?

객 : 선생이 말하는 그 생리화란 곧 인간 속성의 하나로 다루어지고 있다는 뜻이군요. 지식의 수준이라면 단호할 수도 있고 회의적일 수도 있으나, 생리적 수준이라면 운명적일 수밖에 없다는 식.

주 : 아, 운명이란 말이 너무 일찍 나와버렸군요.

객 : 유부남 이진범이 폴 마송을 마시며 진 회장 외동딸 진미숙을 죽도록 사랑하는 일이라든가(그는 누구보다 두 딸과 아내를 사랑하는 가장이 아니었던가?), 진씨 집안의 막내아들인 젊은 진성호가 배다른 형이자 사장인 진성구를 물리치고 자신이 사장이 되고자 하는 야망은 논리적인 측면이라기보다는 생리적이라 할 것입니다. 부에 대한 타오르는 욕망이란 인간 본성 속의 일부라는 사실.

주 : 지배욕의 일종이라는 것 아니겠습니까? 섹스도 부도 권력도 다 생리적 욕구로 인식되고 있습니다. 이 작품의 결말은 진씨 집안의 창업주 진 회장의 임종 장면 아닙니까? 가족 앞에서 진성호가 네 가지 논리적인 주장을 내세웠는데, 이게 논리이기보다는 생리인 것이지요. 실상 진성호는 지금 이 회사 경영에 물불

가리지 않고 달겨들지 않고는 설 자리가 없습니다. 너절한 교수의 딸을 아내로 맞이하지 않았던가? 왜? 그 교수라는 자의 인척이 권력층의 핵심이었던 까닭이지요. 그런데 그 교수의 딸이란 어떠했던가? 남편을 우습게 알고 자기 일에 빠져 미친개처럼 뛰어다니고 있지 않겠는가? 진성호가 자기 형 진성구처럼 또는 이진범이나 백인홍처럼, 모델인 김명희를 두고 계집질에 나아갈 것은 불 보듯 훤한 사실이겠지요.

객 : 르포 작가도 아니고, 지식인 소설도 아니라는 점이 작가 홍씨 및 『거품시대』의 문학적 성격을 결정하고 있다는 선생의 견해가 설득력을 가지려면 좀더 논의가 있어야 될 것 같습니다.

주 : 그렇군요. 먼저 등장인물들부터 볼까요? 주역들의 나이가 38세로 소설이 시작되지요. 이진범이 맨 먼저 등장. 재벌급인 대하실업에 근무하다 독립하여 섬유 하청업체를 차렸으나 대하실업의 진씨 집안 외동딸이자 이혼녀인 진미숙을 숨겨둔 여인으로 삼았기에 지금 곤궁에 빠져 있지 않습니까? 진성구 사장이 이를 알고 보복을 하고 있기 때문.
진성구는 어떠한가? 대하실업 2세이자 사장이 아니겠는가? 그의 경영 솜씨는 독창성이나 야심이 없고

그저 아비의 그늘 밑에 있는 범속한 재능의 소유자.
배우 이혜정과 내연의 관계. 이상하게도 가정 관계의
언급이 없음. 이진범의 경우 그토록 두 딸과 아내에
대한 사랑이 강조되었음과는 지나치게 대조적. 그의
범속성은 여동생 미숙을 사랑한다는 그 한 가지 이유
로 이진범을 파산시키고자 덤비는 것에서 잘 드러남.

백인홍. 백운직물 사장. 아비가 세운 회사의 2세인
셈. 야구선수 출신으로 투쟁적이며 이진범과 친구 사
이. 그의 부친은 유곽 경영자로 상놈 중의 상놈. 잡
스러우나 의리에 강한 사내. 상대방을 이기기 위해
상대방이 토해낸 오물을 먹어치우기도 하고, 수사관
의 코뼈를 작살내기도 하고, 권력층 우 의원의 대문
앞에서 이불을 펴놓고 밤샘하기도 하는 위인. 엘리베
이터걸 김명희와 내연의 관계.

진성호. 28세. 미국에서 공부. 진성구의 이복동생.
미국서 요란한 공부로 박사학위를 딴 여자를 아내로
맞음. 정략적 결혼의 사례.

황무석. 대하실업의 부장에서 이사로 승진. 이진범의
대학 선배.

진규식. 대하실업의 회장. 창립주.

진미숙. 진 회장의 외동딸. 진 회장과 라이벌 관계

였던 섬유회사의 사장 아들인 이성수와 결혼. 아들 하나 낳고 이혼. 이진범과 연인 관계. 주체성 없는 인물.

이성수. 진미숙의 전남편. 경제학 교수. 술독에 빠져 파락호로 전락. 그의 부친은 진규식의 밀고로 회사가 파산되자 그 충격으로 사망. 이 사실을 안 뒤에 이혼.

권혁배. 운동권 출신. 야당 국회의원. 투사형이나 의리파. 이진범의 고등학교 동창이자 백인홍과 가까운 친구 사이.

객 : 이상 9명이 처음부터 끝까지 등장하는 인물들이지요. 이들에게서 공통된 요소가 무엇이라 보시는지요?

주 : 38세의 주역들은 이진범 · 권혁배 · 백인홍 · 진성구 · 이성수 등이 아니겠는가? 이 중 사업에 관여한 축은 3명이지요. 사업하는 이들의 공통점은 창의성의 부족으로 요약될 수 있지 않을까? 주어진 환경에 잘 길들여지는 유형이지요. 낭만주의자라고나 할까? 그들이 한결같이 숨겨둔 여인을 갖고 있음이 그 증거. 그들은 현실 속에서 결코 만족할 수 없고, 뭔가 먼 것에 대한 동경에 알게 모르게 빠져 있지요. 이 막연한 그리움이란 무엇인가?

객 : 선생께선 그것을 에로스(동경)라 부르고 싶겠군요.
인간에게 보다 선한 것, 보다 아름다운 것, 보다 좋
은 것으로 향하고자 하는 심성이 있다는 것. 그러니
까 이진범 · 진성구 · 백인홍 · 이성수들이 모두 이 범
주에 든다는 것.

주 : 작가의 분신들이지요. 그들은 생리적으로 그러합니
다. 이 에로스적인 것이 『거품시대』의 저류에 깔려
있기에 거품이 걷혀도 읽힐 수 있습니다.

객 : 에로스적인 것에서 벗어난 인물도 있지 않습니까?

주 : 아, 그렇군요. 황무석 이사. 그는 불패(不敗)의 인물.
차라리 괴물이라고나 할까? 온갖 권모술수로 대하실
업 부장에서 이사로 승진하여 빈틈없이 살아가고 있
지요.

객 : 유일하게 살아 있는 인물이라고 선생은 지적하고 싶
은 것 아닙니까? 작가 홍씨도 감히 요리하지 못한 인
물이라고 말입니다.

주 : 그렇군요. 가난한 집안에서 태어난 그는 야간학교를
다녔고, 악착같이 살아오지 않았던가? 20평짜리 아
파트에 산다는 죄로 아들이 학교에서 급식 대상자로
분류되었을 때의 그의 분노…… 이종사촌 형으로 하
여금 대하실업을 모함하는 투서질을 하게 만들고도

혼자 거뜬히 견딜 수 있었지요.

객 : 이진범도 조금 별나지 않습니까?

주 : 매력적인 인물이지요. 권혁배 의원을 대동한 관세청
장과의 대질신문에서, 장부 탈취 사건에 대해 딱 잡
아떼어야 함에도 불구하고 사실대로 실토하기. 이 점
이야말로 이진범의 일생일대의 실수가 아니었던가?
그 때문에 그는 공소시효 7년의 현행범으로 수배 대
상이 되자 미국으로 도망쳐 그곳에서 어렵게 생활을
꾸려가다가 흑인을 쏘고, 그 흑인에게 머리가 깨어져
야 했던 것. 이 결정적인 실수가 바로 이진범의 매력
이 아니겠는가?

객 : 인간다운 결점이다, 독하지 못하다, 천격이 아니다,
마음 여린 낭만주의자다, 그런 말을 선생께선 하고
싶은 거지요?

주 : ……

객 : 또 나아가, 그토록 가족을 사랑하면서도(그의 처가 그
토록 순진한 바보냐고 제가 비판하면 선생께선 성내시겠
지요) 진미숙에게 빠져들어 정신을 못 차리고. 말하
자면 철부지라고나 할까?

주 : 족보는 어떠한가? 이진범만 없군요. 백인홍의 선친
은 유곽 경영자였지요. 잡스러운 생활인으로 규정되

겠지요. 재벌 진 사장의 선대는 어떠할까? 도둑이었지요. 해방이 되었을 때 일본인 공장의 방직기를 도둑질해다가 이럭저럭 회사를 꾸리고. 또 라이벌인 이성수의 선친을 밀고한 집안. 상스러운 생활인이라고나 할까? 정신 파탄자 이성수의 선대는 사업가이나 진규식의 밀고로 세무사찰에 의해 1년 만에 분사(憤死)했으니까. 마음 여린 생활인이라고나 할까?

객 : 그러고 보니, 모두 변변찮군요. 우리의 기업인이나 재벌이란, 조금만 거슬러 올라가면 이런 상스럽거나 잡스러운 터전에 지나지 않군요. 이진범만 족보가 없네요.

주 : 그가 사업가가 아닌 증거이겠지요. 작가는 다만 진씨 집안 여인과의 관계 모색을 위해 이진범을 부각시켰다고 볼 것입니다.

객 : 문제는 거품시대의 그 거품을 걷어내고 맑아진 그 밑바닥 들여다보기에 있지 않습니까? 그 밑바닥의 청명한 물줄기를 보여주는 것이 비평이 맡은 바 몫일 테니까. 이제부터 선생의 발언이 기대되는 차례입니다.

주 : 그보다 먼저 한두 가지 지적해둘 것이 있습니다. 이 5부작에서 소도구로 활용되는 것이 휴대폰이나 카폰

이라는 점이 그 하나. 카페와 호텔이 만남의 장소라는 점이 그 다른 하나. 셋째는 추리적 성격으로 일관해 있다는 것. 이 중 추리적 기법이란, 작가의 지나친 논리 조작에서 말미암았던 것. 그만큼 빈틈없이 구성해 보이겠다는 욕심에서 나온 것이겠으나, 그 논리가 너무 세부적인 것에만 집착되고 있지는 않은지. 이 세 가지가 이 작품을 추상적인 쪽으로 끌고 가는 약점으로 보입니다.

객 : 그렇다면 이 약점을 뛰어넘고도 남을 장점은 과연 무엇인가? 그러니까 문학적인 초원 지대랄까 그런 것은 어디인가라는 점이 궁금해집니다. 작가 홍씨는 언젠가 겸허하게도 '세태심리소설'에 지나지 않는다고 말해놓지 않았겠습니까? 세태심리를 그린 소설이라면 단 1회의 읽기로 족하겠지요. 세태심리로도 환원되지 않는 그 무엇이 없다면······.

주 : 연극 대본 〈박정희의 죽음〉과 영화 〈젊은 대령의 죽음〉 속에 그 해답이 있습니다.

객 : ······.

주 : 실상 이 5부작의 구성으로 보면 제1~2부가 이진범과 진미숙의 절망으로 수렴되지 않습니까? 미국으로 도망치지 않으면 안 될 현행범으로서의 이진범과 동

맥을 끊어 자결하고자 한 진미숙의 절망이 중심부라 할 수 있습니다. 나머지 사람들은 한껏 여유로운 인간 군상이지요. 벼랑 위에 선 사람들이야말로 주인공에 값하는 것. 매력의 근원이지요. 이 절망하는 두 매력적 인물을 절망에서 구출할 수 있는 방도란 무엇인가? 여기까지 물을 때 그러니까⋯⋯.

객 : 미학적 인식의 근거가 그 물음 속에 있다는 것입니까?

주 : 맞습니다. 절망을 이기는 방법, 구원의 빛 찾기, 거기에 미학적 인식의 근거가 있는 것이죠. 제3~4부에서 비로소 그 근거 하나가 중심점으로 구축됩니다. 희곡 〈박정희의 죽음〉이 그것. 김재규의 총에 맞아 죽어가는 박정희의 '독백의 마지막' 한 대목만 조금 볼까요.

가여운 아들아! 그러나 역사가 아무리 변덕스럽고 잔인하다 하더라도 이 사실만은 부정하지 못할 것이다. 조국의 헐벗은 산을 푸르게 만들었고, 조국의 농촌에서 초가 지붕을 몰아냈으며, 조국의 농민들에게서 보릿고개라는 단어를 영원히 지워버렸다는 사실을⋯⋯. 언젠가 때가 되면, 그때가 언제가 될지는 몰라도, 나의 아집이, 나의 집념이, 나의 잔인함이 풍요로움의 원천이

되었다고 이해하는 사람이 등장할 것이다. 그때
가 되면, 내 아들아, 아버지·어머니를 흉탄에
빼앗기고 고아가 되어버린 너의 고통도 한가닥
흐뭇한 추억으로 회상할 수 있게 될 것이다. 불
쌍한 아들아! 이 말을 내가 너에게 남기는 마지
막 말로 받아다오. 너를 누구보다 사랑하는 아
비가 용서를 빈다는 말을.

아! '모래실'의 가난이 그립구나! 그곳의 가난은
나를 이토록 외롭게 내버려두지는 않았다.(제3
부)

객 : 〈박정희의 죽음〉이라는 연극 대본이 진미숙을 구출
했다 함은 그러니까 상징적인 것이군요. 거품시대의
시원을 찾아가면 거기 박정희가 있고, 그가 자란 가
난한 농촌 모래실이 있고, 그 속에서 이를 악물고 자
란 소년 박정희가 있었다. 이 차돌멩이스런 소년의
원한이 조국의 근대화를 가져왔고, 그 부작용으로 약
간의 거품스런 현상이 5공화국·6공화국에까지 뻗어
백귀야행의 풍속도를 낳았다. 그 희생자가 이진범과
진미숙이었다…….

주 : 어찌 그 희생자가 이진범과 진미숙뿐이랴! 천격인 백

인홍도, 건달 국회의원 권혁배도, 그리고 주인공격인 진씨 집안의 적자 진성구 사장 역시 희생자라 할 수 없을까? 거품을 뒤집어쓰고 살고 있었기에.

객 : 거품의 시원이 박정희에 있고, 모래실의 가난에까지 소급될 수 있기에 이 거품의 희생자를 구출하는 길도 박정희에 있어야 하는 법. 진미숙을 구출한 것이 희곡 〈박정희의 죽음〉이었음은 논리적으로도 당연한 귀결이지요. 이 희곡을 진미숙의 전남편이자 경제학 교수였던 파락호 이성수가 썼다는 것은 중요하지 않겠지요? 그는 허깨비거나 투명인간이니까.

주 : 그렇습니다. 아무리 잘 따져보아도 경제학자 이성수가 희곡을 덜렁 써낼 수 있을까? 예술(희곡)이란 전문가 영역의 소산, 곧 미학의 개입으로써만 가능한 것이기에.

객 : 그렇다면, 영화 〈젊은 대령의 죽음〉은 어떻게 설명됩니까? 선생의 논법대로 하면 이 작품에서 이진범과 진미숙 다음으로 절망 상태에 빠진 사람은 누구인가부터 알아내야 되겠군요.

주 : 맞습니다. 이진범과 진미숙 다음으로 절망에 빠진 인물은 진성구 사장입니다. 백인홍은 속이 단단하기로 누구에게 비할 바 없으며, 권혁배 역시 마찬가지. 젊

은 진성호 실장은 대하실업을 한입에 먹어치울 만큼 정력적인 애송이이며, 서민 감각의 교활한 황무석 이사는 불가사리가 아니겠는가? 이진범과 진미숙 다음으로 마음 여린 인물은 진성구뿐이지요. 그는 서서히 무너져내리고 있는데, '허무'가 그의 의식 속에 서서히 스며든 까닭입니다.

> "남자의 인생은 4등분할 수 있을 것 같아. 처음 20년 동안은 삶의 능력을 얻기 위한 훈련 기간이고, 다음 20년은 경제적 자립을 위한 준비 단계이고, 그다음 20년은 살고 싶은 인생을 사는 기간이고, 마지막 20년은 가까운 사람들과 자연을 만끽하며 자연 속에서 인생을 정리하는 시기라 할 수 있어."(제5부)

이것이 바로 허무의 침입이지요. 그의 마음이 여린 탓. 인생이 내부에서 무너져내리는 징조이지요. 아비 덕에 억지로 땅 짚고 헤엄치며 살다 보니 모든 것이 시들해졌다는 것 아니겠는가?

객 : 인생을 단일한 선(線)으로 보는 시각에서 보면 가소로운 구분 방식이군요. 인생이 4등분된다는 논법은

5등분, 9등분도 될 수 있다는 것 아닙니까? 처음부터 뜻을 세우고 평생을 일관하는 인생 코스의 처지에서 보면 진성구의 4등분론은 목적 없이 출발한 너절한 인생이라 할 수 없을까요?

주 : 글쎄요. 이 문제는 워낙 각자의 신념에 관한 부분이라서 제가 비판할 성질이 아니겠지요. 일직선으로 백 미터 경주식으로 살다 가는 인생도 제겐 훌륭해 보이며, 4등분·5등분해서 살아가는 인생도 그럴법해 보이니까.

객 : …….

주 : 문제는, 누가 절망에 보다 깊이 빠졌느냐에 있지 않겠는가? 젊었을 적부터 똑똑하지도 영악하지도 못하면서 재벌 맏아들로 그만한 배경에 알맞은 역할을 몸에 익혀온 진성구란 인물은 스스로 뚜렷한 삶의 목적(立志)이 없었던 위인. 이런 위인이 나이 40세에 이르자 기묘한 4등분 논리를 세워 무너져내리고 있지 않겠는가? 작가는 그를 여배우 이혜정에게 빠지게 함으로써 그를 구출(합리화)하고자 꾀하고 있습니다. 작가는 그의 가족 사항에 대해 언급하고 있지 지요. 의도적이겠지요. 그는 가정과 담쌓은 인물, 그러니까 현실성 없는 인물로 설정해놓고 있습니다. 이

점에서 보면 이진범이 훨씬 현실적이지요.

객 : 여배우 이혜정에게 빠졌고, 그것의 합리화가 영화에의 몰입이다. 이것이 곧 구원이다. 그런 뜻입니까?

영화 〈젊은 대령의 죽음〉의 주인공은 박정희의 시해자 김재규의 비서인 박홍주 대령 아닙니까? 박 대령의 사나이다운 성품과 군인정신에 감동했다 함은 새삼 무엇인가? 기껏해야 이혜정에게 빠져든 자신의 허무 치유용이 아니고 무엇이겠습니까?

주 : 그런 문제 제기는 우리의 논의에서 조금 빗나가는군요. 제 논점은 절망한 자의 구원 방식에 있지요. 그것이 문학적 과제인 까닭. 거품을 걷어내고 그 밑바닥에 놓인 맑은 옹달샘이랄까 그런 물줄기 찾기 말입니다. '모래실'의 그 맑은 물줄기.

이진범과 진미숙의 절망의 구제가 미적 인식으로 가능하다는 것. 그것이 문학적 주제라는 것. 희곡 〈박정희의 죽음〉이 그 몫을 해내었다는 것.

여기까지가 제3~4부의 중심부에 놓인 참주제 아니겠는가?

제5부의 중심부에 놓인 미학적 과제란 무엇인가? 영화 〈젊은 대령의 죽음〉 아니겠는가? 그 시나리오를 이번에도 이성수가 썼지요. 그야 누가 썼든 상관없는

일. 이성수란 파락호에 지나지 않으며 따라서 유령이거나 투명인간으로 존재하고 있으니까. 제5부에서 무너져내리는 인물은 진성구 사장뿐이지요. 영화라는 이름의 미적 인식만이 진성구를 구원할 수 있었다는 것이 이 작품의 문학적 성과가 아니겠는가?

객 : '영원히 여성적인 것이 우리를 인도한다(Das Ewig-Weibliche zieht uns hinan)'라는 파우스트(괴테)의 명제로 수렴되는 것입니까?

주 : 글쎄요. 그보다는……. 영화가 지닌 현대적 감각이겠군요.

객 : 거품이 이제 조금 걷힌 느낌입니다.

주 : 그렇지만 맥주에는 거품이 없으면 안 되지요. 인생에 있어서도.

객 : 참, 그렇기도 하군요.

「거품시대」 등장인물도 (제1부 ~ 제2부)

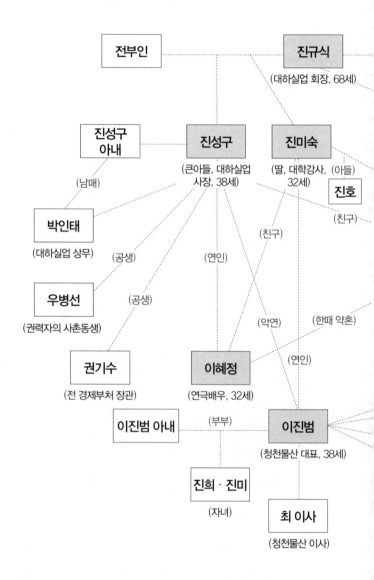

전부인

진규식
(대하실업 회장, 68세)

진성구 아내

진성구
(큰아들, 대하실업 사장, 38세)

진미숙
(딸, 대학강사, 32세)

(아들)
진호

박인태
(대하실업 상무)

(남매)

(친구)

우병선
(권력자의 사촌동생)

(공생)

(연인)

(친구)

(악연)

권기수
(전 경제부처 장관)

(공생)

(한때 약혼)

이혜정
(연극배우, 32세)

(연인)

이진범 아내

(부부)

이진범
(청천물산 대표, 38세)

진희 · 진미
(자녀)

최 이사
(청천물산 이사)

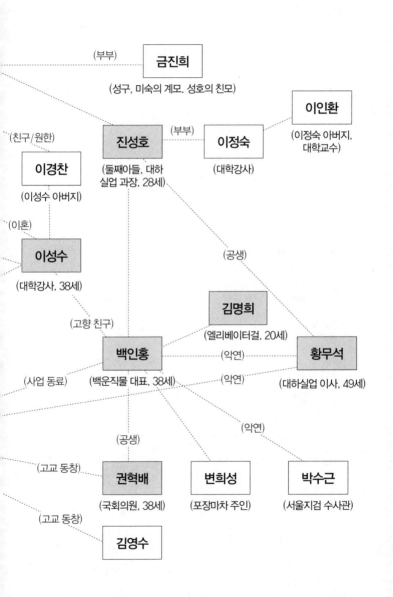

(부부) **금진희**

(성구, 미숙의 계모. 성호의 친모)

이인환

(이정숙 아버지, 대학교수)

(친구/원한) **진성호** ─(부부)─ **이정숙**

(둘째아들, 대하 실업 과장, 28세)

(대학강사)

이경찬

(이성수 아버지)

(이혼)

이성수

(대학강사, 38세)

김명희

(엘리베이터걸, 20세)

(공생)

(고향 친구)

백인홍 ─(악연)─ **황무석**

(사업 동료)

(백운직물 대표, 38세)

(악연)

(대하실업 이사, 49세)

(악연)

(공생)

(고교 동창)

권혁배

(국회의원, 38세)

변희성

(포장마차 주인)

박수근

(서울지검 수사관)

(고교 동창)

김영수

한국문학사 작은책 시리즈 9

거품시대 ❷

초판 1쇄 인쇄 2017년 5월 20일
초판 1쇄 발행 2017년 5월 30일

지은이 홍상화
펴낸이 홍정완
펴낸곳 한국문학사

편집 이은영 홍주완 이상실
영업 한지은
관리 황아롱
디자인 심현영

04151 서울시 마포구 독막로 281(대흥동) 한국문학빌딩 5층

전화 706-8541~3(편집부), 706-8545(영업부) | **팩스** 706-8544
이메일 hkmh73@hanmail.net
블로그 http://blog.naver.com/hkmh1973
출판등록 1979년 8월 3일 제300-1979-24호

ISBN 978-89-87527-55-0 04810
       978-89-87527-53-6 (세트)